KB169574

재미있는 일이라면

뭐든지 가르쳐 드립니다

합자 회사

창업의 모든 삽질(?)을 미리 알려주마!!

재미있는 일 이라면
뭐든지 가르쳐 드립니다
합자회사

노희준 장편소설

답

차 례

1

남극곰과
북극펭귄

혼자가 둘이 된 건 우연이었다. 하지만 둘이 넷이 된 건 필연이었다.

"왜 펭귄은 북극에 안 살아? 왜 북극곰만 있고 남극곰은 없지?"

뜬금없이 질문을 날린 건 똘기는 충만하지만 사고는 평범한 밤비였고, 한숨 쉬며 대답한 것은 설명충 DNA의 명령을 매번 어기지 못하는 나였다. 나름 핵심만 짧게 전달하려 노력했으나, 그런 나의 갸륵한 성의를 현지가 그냥 보아 넘길 리 없었다.

"데려다가 풀어놓으면 되지. 중국에 샤오미가 있고, 한국에 나 같은 화가도 있는데 펭귄이 북극에 못 살 게 뭐람? 와이 낫?"

"남극은 대륙이지만 북극은 바다야. 바다의 표면이 얼어붙은 거라고. 바닷속은 땅속보다 따뜻해서 북극의 날씨는 남극만큼 혹독하진 않지. 북극곰이 남극에서 살 수 없는 이유야. 펭귄처럼 수백 마리씩 떼로 다닌다면 모를까."

"떼로 다니면 되지."

"너 북극곰 한 마리가 얼마나 먹어대는 줄 알아?"

더 이상 함축적인 반문은 있을 수 없었으나 물론, 재미없으면 진리 따위는 개도 안 줄 인간들이 귀담아 들을 리 없었다. 이 동네에서 진지로 먹고 들어가려면 '덕'스럽기라도 해야 했다. 전업 음모론자 헌승처럼.

"북극에 펭귄 풀어놓은 적이 있는 걸로 아는데?"

"정말?"

"대박."

"성공했대?"

"성공한 걸로 아는데? 꽤 오래된 얘기지 아마?"

나는 스마트폰으로 인터넷을 검색했는데 그럼 그렇지, 오래된 건 맞는데 그건 1938년에 출간된《파퍼 씨의 12마리 펭귄》이라는 동화의 내용이었다. 리처드 앳워터의 마지막 작품으로, 2011년 짐 캐리 주연의《파퍼 씨네 펭귄들》로 영화화된 바 있다….

"그것 봐. 그럴 줄 알았어. 역시 펭구인은 마이 쎄임 훼덜!"

설마 남들이 네 영어를 못 알아듣는다고 생각하니? Same Feather라니, 펭귄과 네가 같은 종이면 너도 펭귄처럼 귀엽다는 말이니?

길이 아닌 곳으로만 가는 대화법은 친구들의 습속이었다. 얘기는 남극곰 같고 북극펭귄 같은 주변의 아는 애들 얘기로 한참이나 전개됐다가, 아티스트에게 북극 탐사를 시켜주는 국가지원 프로그램이 있다는 둥, 북극 빙하로 조각을 하면 녹을까 안 녹을까 내기하자는 전혀 실현 가능성 없는 제안을 거쳐, 뭐 좀 재미있는 일 좀 없을까에서 잠시 뜸을 들였다가 한국의 X같은 문화·예술 풍토에 대한 이야기로 넘어갔다.

"교육의 실패야. 겟 아웃 오브 더 커보드(Get out of the cupboard)!"

"실패가 아니라 성공이 아닐까."

"스트리밍 서비스는 왜 해가지고. 건당 삼 전이라니. 지금이 일제강점기냐, 전을 쓰게?"

"아, 씨발 요즘 왜 통 그림이 안 팔리지."

"언니 얼마 전에 디자인 의뢰 들어왔다매."

"틀어졌어."

"왜?"

"내가 너무 고퀄이래."

"가격 낮추려고 수작 부린 거 아닐까?"

"지네 디자인 콘셉트랑 안 맞는다잖아. 촌스러운 게 컨셉이라는데 어쩌겠어."

"얼마 전에는 강남에 있는 재즈클럽에서 노래하는데 주인이 오더니 손님이 대화에 방해되니까 볼륨 좀 줄여달라고 했다더라. 내가 무슨 텔레비전 스피커냐 볼륨을 줄이게?"

"나도 남편이 그림 사서 그림 값 높여줬으면 좋겠다. 브랜드 뉴 미, 스위리(Brand new me, sweety)."

"맥주도 카스만 갖다준다니까? 두 병째부터는 돈 내라면서!"

"하긴 나 같은 고퀄을 알아볼 남자가 쉽겠어? 왓다확(What the Fuck)!"

현지와 밤비의 대화를 듣다 보면 두 개 채널을 동시 시청하는 기분이 들었다. 그냥 웃으며 건배나 하려는데 이번에는 헌승이 진지해져 있었다.

"내가 오랫동안 꿔오던 꿈이 있는데, 미안하지만 좀 길게 얘기해도 될까?"

"오빠니까 특별히 용서해줄게."

"와이 낫?"

헌승의 말은 정말 길었지만, 다행히도 음모론은 아니었다.

"그러니까 1층에 커다란 홀을 두고, 거기서 아무 아티스트나 하고 싶은 일을 하는 거지. 춤추고 싶은 사람은 춤추고, 연주하고 싶은 사람은 연주를 하고, 그림도 그리고 글도 쓰고…."

"왓다확! 아티스트 작업하는 걸 퍼포먼싱으로 써먹겠다고?"

"아니 아니, 아티스트들의 작업실은 건물 제일 위쪽에 둘 거야. 홀은 그냥 아티스트들이 즉흥으로 뭔가를 할 수 있는 공간이고, 뭐 물론 쇼케이스나 북토크 같은 정규적인 행사를 할 수도 있겠지만, 어쨌든 1층에는 홀을 두고 카페에서 사람들이 그 광경을 볼 수도 있게 하고, 홀 주변에는 상점들을 두어서 책과 음원과 수공예품 등등을 살 수 있도록 할 거야. 2층에는 고뇌에 빠진 예술가를 바라보며 술을 마실 수 있는 바를 두고, 3층부터는 강좌를 열거야. 일반인들을 위한 예술 강좌. 여러 장르의 아티스트들을 한데 모아놓는 게 관건이야. 그래야만 인위적으로는 만들 수 없는 시너지가 발생할 거라는 판단이 들거든. 이를테면 소설가 작품에 일러스트레이터가 그림을 그려준다든지, 시인에게 영감을 받아 작곡을 한다든지, 배우는 사람 입장에서도 목적에 따라 여러 가지 수업을 한곳에서 해결할 수 있겠지. 예를 들어 싱어송라이터가 꿈인 애라면 굳이 대학에 갈 필요 없이 우리 센터에 와서 시 창작 수업과 음악 수업을 동시에…. 동화 작가가 그림을 배우러 오거나, 그림 작가가 동화쓰기를 배우러 올 수도 있겠고…."

실제로는 훨씬 길었지만 이쯤에서 생략하고.

"학원을 차리자는 거야? 그 지긋지긋한 학원을? 세상에 학원이라면 실용음악 학원만으로도 충분해! 대한민국 학원 다 X까라고 하라고!"

말귀를 알아들을 것 같으면 밤비가 아니지. 하지만 딴지를 걸지 않으면 현지가 아닌 현지가 이번만큼은 다른 태도를 보였다.

"꼭 뭐가 되기 위한 것만 가르쳐야 하나? 엉뚱하고 재밌는 거 가르치면 안 되나? 일본에는 욕 가르쳐주는 학원도 있다며. 접시 쌓아놓고 던져서 깨뜨리는 데도 있다던데?"

"그거지!"

헌승이 현지와 하이파이브를 했다.

"독특하고 재밌는 것들을 알려주는 회사를 만드는 거지! 이를테면…."

"오빠 오빠, 난 글씨 쓰는 거, 그 뭣이냐 캘리그라피, 그거 열어줘."

"맘대로 멋대로 그리는 미술 프로그램 어때? 우리나라 사람들은 미술 교육을 못 받았거나 입시 미술에 쩔어 있잖아? 그래서 구상화를 못 그리면 재능이 없는 거라고 단정 짓는 경향이 있단 말이야. 그런 건 공간 감각이 뛰어난 것일 뿐 풘다먼털 퇄렌드(fundamental talent)와는 거리가 있다는 걸 가르쳐주는 거지. 모르긴 해도 백 명 중 한 명은 천재로 거듭날걸?"

"바로 그거야!"

헌승은 몹시 좋아했다. 나는 모처럼 현지에게 경쟁의식을 느꼈다.

"자유롭게 그림을 그리게 하고 그 그림으로 의사와 심리 상담도 할 수 있는 프로그램을 꾸리면 어떨까? 아직 한국은 정신건강의학과에는 정신적으로 문제가 있어야 간다는 인식이 강하니까. 가벼운 마음으로 그림도 배우고, 정신 건강도 챙기고…."

"대박!"

"꼭 실용적인 효과가 있어야 한다는 고정관념을 버려. 그냥 기쁘고 즐거우면 그만이잖아? 프래그마티즘 이즈 디 퓌우 오브 더 퐈인 알츠(Pragmatism is the foe of the Fine Arts)! 실용음악과 애들이 음악 제일 못하는 거 보면 모르겠니?"

실용음악과를 나온 밤비가 불쾌한 표정을 지었다. 밤비에게는 성질을 좀 건드려줘야 똑똑해지는 경향이 있었다.

"삶의 질을 높여주는 음악 클라스 어때? 노래방에서 남들에게 쪽팔리지 않을 정도로만, 남들 앞에서 한 곡쯤은 멋들어지게 연주할 정도로만, 결혼식 축가를 완성해준다든가 프로포즈 곡을 만들어준다든가."

"오 좋아."

"훌륭한 생각이야. 사실 나도 피아노를 배우러 갔을 때 너무 완벽을 추구하는 선생님 때문에 당황했던 적이 한두 번이 아니야, 나는 피아니스트가 될 게 아니라…."

"초보 시리즈로 가면 되겠다. 뤄어 놔비스 시리즈(Raw novice series)."

"생초보 한 곡만 잘 부르기?"

"생초보 펠라치오?"

"언니 왜 그래요 부끄럽게?"

"뭐가 부끄러워? 설마 그거 초보야?"

밤비는 표정을 확 바꾸며 말했다.

"어디서 초보인 척하는 방법은 안 가르쳐주나?"

현진이 갑자기 노래를 부르기 시작했다.

"오 예, 라이커 어 버진~."

둘은 아예 마돈나의 노래를 합창하며 허리를 돌리기 시작했다. 주위 사람들이 우리 자리를 모두 한 번씩 흘끗거렸다.

기시감 돈는 술자리였다. 건설적인 대화를 한 것은 우연이었지만, 흐지부지가 될 것은 필연이었다. 우리가 못한 게 뭐 있었나? 빈 라덴의 거처도 세 번쯤 알아냈고, 천안함 폭침과 세월호 침몰의 원인도 다섯 번쯤은 밝혀냈지. 열 번쯤 동북아의 역사를 다시 쓰고, 스무 번쯤 세계 여행을 하고.

술자리에 앉은 채로, 말로만.

"뭐가 문제야. 하면 되지."

목소리의 주인공은 옆트임 있는 원피스 차림에 단정한 하이힐을 신고 있었다. 우리 주위에서는 보기 힘든 스타일이었다.

"그런 거 차리려면 공간이 있어야 하잖아?"

"요즘 누가 공간을 점해? 고정비용 늘어나게."

"그럼 어떻게 해?"

"주변에 작업실 많잖아? 대낮에 놀고 있는 스튜디오도 많고. 필요할 때만 쓰고 빠져야 이윤이 남지. 집에 남아도는 방도 셰어하는 세상에 무슨 통 임대를 해?"

오랜만에 들어보는 현실성 있는 얘기였다. 근데 넌 누구니? 어디서 나타난 거니? 헌승이 데려온 아이를, 밤비는 이미 알고 있는 모양이었다.

"그러니까 우리끼리 사업을 하잔 거야?"

"아이템만 좋으면 못할 거 없지?"

"돈 많이 들지 않나?"

"요즘 누가 자기 돈으로 사업을 해?"

"그럼 누구 돈으로 해?"

"펀딩이라는 게 있잖아. 저금리 시대에, 아이디어만 좋으면 바로 짠이지."

뉴 페이스는 우리 모두를 향해 잔을 내밀었다. 나보다 한

참 어린 것 같은데, 자 건배는 했으니 이제,

　너는 어디에서 온 펭귄인지 오빠한테 소개부터 좀 해보지 않으련? 응?

2

막내아들의
직업은

아버지가 돌아가셨다.

갑자기 돌아가셨고,

나는 내가 세 달 동안 일하지 않아도 문제가 없는 인간임을 깨달았다. 십 년간을 아웅다웅 사느라 실험해볼 기회가 없었을 뿐이었다. 잠깐이라도 쉬면 굶어죽을 줄 알았지. 어차피 돈이 안 되는 일들이라 쉬어도 그만이라는 생각은 해보지 않았다. 글을 써서 버는 돈은 정말 얼마 되지 않았다. 상금으로, 국가지원금으로, 드문드문 부수입으로 메꾸며 살았다. 그것도 꽤 된 얘기였다.

어느 날 돌아보니 나는 수입이 맥도날드 아르바이트생보다 적은 시간 강사였다. 돈 안 되는 소설까지 쓰느라, 다른 시간 강사보다 훨씬 더 힘들게 살아야 하는 시간 강사였다. 소설을 안 쓰면 되지 않냐고?

나는 몇 군데 문예창작학과에서 소설 창작 강의를 맡아 하고 있었다. 강의를 할 수 있는 소설가는 많았고, 활동이 뜸한 작가를 강사로 쓰는 곳은 없었다. 강의를 맡기 위해서라도 써야 했다. 책 한 권을 쓰면 삼백만 원 정도를 벌 수 있었다. 문단에는 동료들에게 신간을 나눠주는 관습이 있었다. 여기저기 책을 보내고 나면 백오십 정도가 수중에 남았다. 장편을 한 편 쓰려면 꼬박 일 년이 걸렸다. 강의하는 날을 빼고 하루에 여덟 시간씩 썼다. 어느 날, 부산에서 폐지를 줍던 할머니가 차에 치여 돌아가셨는데 하루 수입이 만 원이었다는 기사를 보았다. 이상하게도, 조금도 슬픈 마음이 들지 않았다.

아버지는 갑자기 쓰러지셨다. 응급실에 들어가셨다가 일주일 만에 일반 병실로 나오셨다. 5인실에 이 주일 가량 계셨다. 일주일간은 회복기였다. 분명 좋아지고 있었고 종종 멀쩡해지셔서 농담까지 하셨다. 하지만 내가 나이트를 맡게 된 두 번째 주에는 차가운 바람이 불었다. 낮에는 잔잔하다가도 밤만 되면 파도가 높이 일기 시작했다.

아버지는 신음했고, 심하게 기침했고, 자꾸만 코와 가슴에 달린 호스를 잡아당겼고, 가라앉으면 침대에서 일어나

밖으로 나가려고 했고, 나가기는커녕 침대에 앉는 것조차 하지 못하자 나에게 나쁜 놈이라고 욕을 해댔고, 허공을 가리키며 저 사람은 누구냐며 벌벌 떨었고, 그 와중에, 띄엄띄엄, 정지관, 수첩, 급해, 중요해, 시간이 없어, 3, 7, 8, 등등의 발음들을, 내 소매를 잡아당기며, 나쁜 놈이라고 뺨을 치며, 반복했다. 반복이라지만 아버지의 말은 매우 띄엄띄엄 나오는 데다 발음도 되지 않아서 말임을 알아채기조차 어려웠다. 내 얼굴에 초점을 맞추려 애쓰는 눈빛으로, 내 소매를 잡아당기는 미약한 힘의 차이로, 아 이건 신음이 아니라 말이구나, 눈치챌 수 있을 따름이었다.

아버지는 나를 의사 양반이라고 불렀다. 아버지는 유독 나만 기억하지 못하셨다. 엄마도, 형과 누나도, 조카들도 다 기억하면서 나만 보면, 의사 양반, 이 나쁜 놈아, 내가 너 고소할 거야, 나한테 무슨 짓을 했어, 등등의 말들을 하셨다. 나한테 하는 게 아님을 알면서도, 가슴을 싸리비로 쓸어내듯 들어야 했던 말들.

돌아가시기 이틀 전 어느 저녁, 마침내 폭풍의 눈이 아버지의 지친 대지 위에 찾아왔을 때, 아버지는 부드러운 눈빛으로 나를 보며 말했다. 의사 양반이 내 두 번째 아들을 정말 많이 닮았다고. 두 번째 아들이 나이가 들면 꼭 의사 양반처럼 될 것 같다고. 나는 더 듣고 싶었으나 아버지는 화제를 전환했다. 내일 아침에 노 교수가 병원에 올 텐데 그에게 잊지 말고 정지관이라는 사람한테 전화를 해야 한다고 전해달라고, 급한 일이라고.

나는 화제를 되돌려 노 교수가 누구냐고 물었고 아버지는 웃으며 당신의 첫 번째 아들이라고 대답했다. 그럼 두 번째 아들은 뭐하는 분이신데요?

한때는 내가 교수 될 것을 믿어 의심치 않는 선배들이 있었다. 석사 과정일 때부터 그랬다. 박사 학위 소지자는 널렸지만 그중에 소설가는 몇 없기 때문에 교수 될 인간은 우리 중 너뿐이라는 논리였다.

"아유 뭘 두 손으로 따르고 그래, 어디 네가 날 선배로 보기나 하겠어?"

"소설가가 소설만 열심히 쓰면 되지, 뭔 욕심이 그렇게 많아."

"빨리 가려고 하다 더 늦게 가는 수가 있다."

갈구는 것보다 더 힘든 건 역이용이었다.

"앞으로 잘될 사람들이 맡아서 해야지 뭐 나는 교수될 일도 없고…."

"다른 사람은 몰라도 너는 참석해야지 무슨 소리야?"

"어째 너 좀 거만하게 구는 것 같다?"

심각한 반응들은 그런대로 참을 만했다. 야구공처럼 힘껏 던져버리면 됐으니까. 오히려 떨치기 어려운 것은 봄날의 꽃씨처럼 날아다니는 동료들의 말이었다.

"오빠, 정말 몇 년 뒤에 교수 돼?"

"누가 그래 또?"

"아니 오늘 어디서 들었는데 될 사람은 오빠밖에 없다 던데?"

"그냥 굽히고 살아라."

"뜬금없이 뭔 소리예요?"

"너무 자존심 세우지 말고 적당히 잘하란 말야, 임마."

별 뜻 없이 하는 말에, 심지어 잘됐으면 한다는 말에 핏 대를 세울 수는 없었다. 하지만 가볍게 던진 말이라고 해서 가볍게 받아낼 수 있지는 않았다. 배드민턴 공은 가볍지만 그 공을 넘기려면 사력을 다해야 하는 것처럼.

그 시절 내 가슴속에는 미처 받아넘기지 못한 배드민턴 공 들이 사방에 떨어져 있었다. 뙤약볕 아래에서 새하얗게 빛나 며, 산들바람만 불어도 여기저기서 깃털을 살랑거리며.

대학원에 입학한 지 육 년째 되는 해 나는 대학에 첫 번째 원서를 집어넣었다. 남쪽 끝에 있는 대학이었다. 일 순위 로 올라갔지만 임용되지 않았다. 나를 추천한 교수는 도대 체 면접을 어떻게 본 거냐며 화를 냈다. 나는 마음에 불편 한 게 있으면 어이없이 실수를 저지르는 스타일이었다. 마 음속에 나를 방해하는 귀신이 있는 게 아닌가 의심이 갈 정 도였다. 한참을 생각한 끝에 내가 실수한 게 뭔지를 이해했다. "요즘 신입생 모집이 쉽지 않은데 만약 과에 미달 사태가 나면 어떻게 할 겁니까?"라는 면접관의 질문에,

"소설을 열심히 쓰겠습니다."

라고 대답한 것은 어디까지나,

"소설을 열심히 써서 이름을 날리면 어찌 신입생이 오지 않을 수 있겠습니까?"

라는 뜻으로 한 것이었지만 어쩌면 면접관은,

"학교에 학생이 안 오면 때려 치고 소설가로 살아야죠."

라는 의미로 들었을지도 모른다는 생각을 그때는 할 수 없었다. 배드민턴 공이 언제 갑자기 찾아올지는 알 수 없었다. 심지어 배드민턴 공인지조차 알아채지 못할 때가 인생에는 더 많았다. 면접을 보기 직전에 나는 여자 친구와 통화를 했다. 내가 붙으면 너는 어떡할 거냐는 질문에 여자 친구는, "난 거긴 안 갈 거야 ㅎ"라고 대답했다. 하필 그때 직원이 나를 호명했고, 나는 거기는 안 간다는 게 무슨 뜻이냐고 물을 기회를 놓친 채 전화를 끊어야 했다. 면접을 보는 내내 ㅎ라는 짧은 웃음소리가 머릿속을 굴러다녔다. 면접관들이 질문을 던질 때마다 여자 친구가 자꾸만 ㅎ 하고 웃었다. "아직 결혼을 안 하셨네요? 혹시 독신주의자이신가요?"라는 질문에도 ㅎ. "줄곧 서울에만 사셨네요, 지방 생활 힘들지 않으시겠어요?"라는 질문에도 ㅎ.

ㅎ의 의미가 뭘까 생각하다 나는 면접관의 질문을 되묻

곤 했다.

처음으로 서울에 있는 대학에 원서를 집어넣었을 때, 그 과의 교수님이 빙모 상을 당하셨다. 과는 같지만 세부 전공은 다르고, 부모님도 아닌 장모님이라는데 가야 하나 고민하다가 혹시나 싶어 들렀는데 웬걸, 나의 가장 강력한 경쟁자가, 자신의 남편까지 동반하고 장례식장에 와 있었다. 대단한 집안의 딸이었고 남편 역시 꽤 큰 회사를 소유하고 있다고 했다. 강남의 팔십 평대 맨션에 살고 자산은 백 억이 넘을 거라는 얘기도 공공연했다. 남편이 큰 부자치고는 옷차림도 소박하고 표정도 겸손해 보여서 어리둥절했는데 이런, 그 과의 다른 교수님이 나타나자마자 그의 눈빛이 매의 그것으로 돌변하는 것을 나는 보았다. 그는 정확한 타이밍에 일어서서 능숙하게 악수를 하고 매끄럽게 교수님을 자신의 앞자리에 앉혔다. 노련하고 빈틈없는 맹수의 눈빛은 그새 존경에 가득 찬 젊은 학생의 눈빛이 돼 있었다. 그 눈빛을 보았을 때 나는 알아버렸다. 나는 이미 졌다는 것을. 열 번을 다시 태어나더라도 나에게 그런 눈빛을 소유할 기회와 경험은 주어지지 않으리라는 것을.

"사는 게 왜 이렇게 힘드냐. 애들은 자꾸 커 가는데."

최종 면접을 열흘 앞두고 깊은 새벽에 문자 메시지를 보내온 경쟁자도 있었다. 나는 마음에 불편한 게 있으면 어이

없이 실수를 저지르는 스타일이었다. 나는 열흘 동안 시강 준비를 하나도 하지 못했다. 몇 번이나 시강에 대한 메일을 읽었는데도 '프리젠테이션'이라는 단어를 번번이 오해했다. 그게 내가 이해한 대로 '발표 자료'라는 일반적 의미이기는커녕 파워포인트라는 특정 프로그램을 지시하는 말임은 시강 시간을 한 시간 앞두고서야 알았다. 경쟁자가 면접 대기실에 들어와 조교한테, "이 발표 자료, 종이로도 좀 뽑을 수 있을까요?"라고 했을 때.

나는 녀석의 집에서 술을 마신 적이 있었다. 술을 많이 마셨는데도 평화로운 기분으로 일어나 아빠 주변을 맴도는 아이들의 재잘거림을 들은 일이 있었다. 어쩌면 저런 게 행복이겠구나, 생각한 적이 있었다. 만약 내가 되면 녀석은 계약직 교수의 자리조차 내놓아야 할 거였다. 지금까지는 애들이 어리기나 했지, 이제 와서 시간 강사 월급으로 되돌아가 네 식구를 먹여 살리는 건 어불성설일 테고….

그래, 어디까지나 핑계일 뿐이다. 나는 가족을 가진 녀석만큼 절박하지 않았던 것뿐이고, 어쨌거나 저쨌거나 최선을 다하지 않았으며, 사실은 단순하게 그들이 나보다 뛰어난 것이었을 수도 있다.

분명한 것은, 어차피 안 될 바에는 희망이 없는 편이 낫다는 거였다.

2등이건 20등이건 결과는 같다. 설사 200등이라 해도 2등과 똑같이 시간 강사다. 아니다. 말을 이렇게 두루뭉수리하게 해서는 안 된다. 2등이나 20등이나 그게 그거지만 200등이라면 확실히 2등보다 낫다고 봐야 한다. 200등이면 승부에 연연하지 않고 먼 풍경에 한눈을 팔 수도, 길을 벗어나 산책을 할 수도 있을 테니까. 2등과 20등은 오로지 트랙 위를 뛰기만 해야 한다. 그들에게 1등을 쳐다보는 일 외의 모든 것은 사치에 불과하니까.

그리하여, 꾸준히, 한결같이 2등의 자리를 지키며 나는 십 년간 시간 강사였다. 시간 강사는 인턴사원과 같았다. 아니다. 말을 이렇게 애매하게 해서는 안 된다. 대부분의 인턴사원은 일 년 내로 승부가 나지만, 시간 강사는 십 년이 지나도 채용 여부를 점칠 수 없는 이상한 인턴사원이었다.

둘째 아들은 무슨 일을 하시냐는 나의 질문에 아버지는 한동안의 침묵 끝에 잘 모르겠다고 대답하셨다. 당신의 기억이, 과거로 돌아가 있기 때문이었을까? 아버지를 안심시키기 위해 나는 아무것도 안 하고 있을 때가 결코 없었다. 십이 년 전에 대학원에 들어갔고 오 년 전에는 박사 학위를 땄다. 시간 강사는 아르바이트일 뿐 직업이 아니라고 생각하는 분이셨지만 그렇다 해도, 막내아들은 소설가, 라고 대답하실 수는 없었던 걸까?

아버지가 그토록 애타게 찾던 정지관은 세무사였다. 급히 처리해야 할 일이 무엇인지는 끝내 밝혀지지 않았지만 가족들은 크게 신경 쓰지 않는 분위기였다. 아버지는 평생 공과금을 기한 내에 못 낼까 봐, 에어컨을 켰다가 누진세가 적용될까 봐, 플러그를 뽑아놓지 않았다가 불이 날까 봐, 변기나 수챗구멍이 막혀 공사비가 들까 봐 걱정하며 사셨으니까.

사인은 폐렴이었지만 심각한 저체중이 진짜 원인임은 누구나 알았다. 살만 찌지 않으면 장수한다는 믿음이 확고한 분이셨으니까. 마지막으로 기록된 아버지의 체중은 45킬로그램이었다.

나는, 상조 직원들이 아버지를 염하는 새벽녘에야 울음을 터뜨렸다. 어린애처럼 소리 내어 울며 마음속으로, 태어나서 처음으로 아버지에게 반말을 했다. 반말로 아빠 잘가, 잠시만 갔다가 내 아들로 태어나 줘, 라고 말했다. 이번에는 내가 아빠의 아빠가 돼서 재미있고 신나는 생각만 하면서도 충분히 잘 살 수 있다는 걸 가르쳐줄게.

꼭이야 꼭, 알겠지?

3

B냐 C냐
그것이

우리는 일주일에 한 번씩 모여서 회의를 하기로 했다. 회의를 하되 모인 사람들의 특성상 마시면서 하기로 했다. 언제는 안 마셨나? 어차피 마실 거, 놀지만 말고 사업 구상이라도 해보자는 거였다. 인생 최초로 술자리가 유익해지는 순간이었다. 인생 최초로 실용적인 대화를 하게 되는 순간이기도 했다. 보통은 헌승과 구가 스타트를 끊었다.

"사무실부터 만들어야 하지 않을까?"

"이런 스마트한 세상에 무슨 사무실."

"아니, 어차피 애네한테는 작업실이 필요하니까."

"화가, 작가, 보컬이 다 쓰려면 얼마나 넓어야 하게."

"다용도로 써야지. 사실 술만 해도 사다 먹으면 훨씬 적게 들잖아.”

여기에 현지와 밤비가 한마디씩 얹으면 시작이었다.

“우와, 작업실 있으면 정말 좋겠다. 연습도 하고, 레슨도 하고.”

대책 없이 좋아하기는 밤비 전문이었고,

“작업실에서 술 냄새나는 거 딱 질색이거든?”

논지 상관없이 지 좋은 것만 따지기는 현지가 최강이었다. 그래도 헌승이 매번 중요한 화두를 던져주어서 다행이었다.

“아무래도 B2C보다는 B2B를 노리는 게 좋겠지?”

“B2C는 뭐고 B2B는 뭐야?”

물어보자마자 검색할걸, 싶었다. 헌승은, ‘정말 몰라?’ 하는 표정이었고, 그보다 짜증 나는 건 구의 젠체하는 말투였다.

“비즈니스 투 비즈니스, 비즈니스 투 씨빌. 대중한테 팔 거냐, 기업에 팔 거냐. 모든 창업자들의 고민이죠.”

내가 불쾌해하는 걸 읽었는지 헌승이 말했다.

“불특정 다수의 고객한테 팔 거냐, 아님 이미 고객을 확보한 회사한테 팔 거냐 뭐 그런 거지 뭐.”

“알아먹었어.”

“뭐, 용어가 뭐 중요한 건 아니고.”

“그러니까 강연을 해도 직접 사람들을 모아서 하면 B2C

고, 회사랑 계약해서 직원들한테 하면 B2B라는 얘기잖아."

"그렇지, 바로 그거지."

현안이 정해지면 패가 갈렸다. 이번에는 현지와 밤비가 같은 편을 먹었다. 회사를 상대하는 건 하지 말자는 거였다. 이해가 안 가는 바는 아니었다. 현지는 전시를 하고도 작품값은커녕 재료비조차 못 받은 적이 꽤 있었고, 밤비는 전 소속사와의 불화로 부를 수 없게 된 노래가 여러 곡이었다.

구는 헌승의 편을 들었다.

"쌈짓돈 모아서 어느 세월에. 한 큐에 크게 크게 가야지."

"그렇지, 대중들한테 알리는 건 보통 일이 아니야, 쪽수가 많아서."

"수도권 인구는 이천만이지만 회사는 많아 봐야 이천 개잖아?"

"B2B를 궤도에 올린 다음 B2C를 해도 되는 거니까."

"마케팅이 제일 중요한데. 회사끼리는 한 번만 잘하면 소문도 금방금방 나고."

나는 웬만하면 외길을 탔다.

"아직 구체적인 아이템도 없는데, B냐 C냐부터 정하는 건 웃기지 않아?"

화제는 저가 정책으로 갈 것인가, 고급화 전략으로 갈 것인가로 옮겨갔다. 벤치마킹 대상으로 삼성과 애플이 거론되었다. 엘지가 결코 뒤지지 않는 제품력을 갖고 있으면서도 밀린 점, 엄청나게 싼 가격에 세계 최초의 스마트폰을 내놓고도 노키아가 급속도로 추락한 점 등이 언급되면서 저울은 고급화 전략으로 기우는 분위기였다. 나로 말할 것 같으면, 두 사람의 뜬구름 잡기에 끼어들 마음은 추호도 없었지만.

"소니가 삼성한테 밀리기 전에 취한 건 고급화 전략이 아니었나? 처음 가정용 컴퓨터 나올 때 애플이 아이비엠 저가 정책에 싹쓸이당한 거 생각해 봐. 솔직히 지난 십 년간 유니클로만큼 성공한 의류 브랜드가 있었나? 지금 삼성의 라이벌로 부상하고 있는 샤오미는 또 어떻지?"

서두의 서두도 끝나지 않은 참이었지만 현지의 머릿속에 남의 말 끝날 때까지 기다려준다 따위의 개념은 없었다. 남들은 탕수육 소스가 왜 이렇게 뜨거워, 오늘은 만두 접시 비닐도 안 뜯어지네 하고 있을 때 혼자 남이 까준 짬뽕 건더기부터 먹는 앤데 탓해 뭣하겠어.

"소니는 자만심 때문에 망한 거고 삼성은 풰스트 팔로워(fast follower)인 게 리밋(limit)인 거지."

본인 빼놓고는 세상에 하등 관심 없는 애가 저런 건 또 어서 주위들었대. 시도 때도 없이 페북을 들여다보는 '덕력' 덕이라고밖에는.

"그리고 지금 우리가 애플이니 유니클로 레퍼런스(reference) 하는 건 솔직히 오버 아니야?"

그니까 그게 내가 하려던 말이라고.

"좀 현실적이 되자. 프뤠그넌트(fragnant)해지자는 게 아니라 렛츠 비 리얼리스틱(Let's be realistic), 플리이즈 (please). 이 동네 돌아가는 꼬락서니 좀 봐. 언제부터 우리가 한 달에 십오만 원 받고 유화를 가르쳤니? 그것도 투웨니풔 아월스. 기타 일주일에 세 번 배우는 데 한 달에 칠만 원 받는 새끼들은 뭐야? 걔네가 제대로 된 아티스트일까? 아티스트도 아닌 것들이 여기 들어와서 살아보겠다고 가격만 덤핑치는 바람에 예술은 원래 싼 것이라는 인식이 퍼지고 지금은 제값 받고 뭘 해보려도 해도 해볼 수가 없는 시츄에이션이 되고 말았다고. 적어도 예술가로서 사업을 일으켜보려고 하는 거라면 우리 스스로 셀프 언더에스튀메잍(self underestimate)하는 짓거리는 하지 말아야 하지 않을까?"

좌중이 숙연해졌다. 정말이지 훌륭한 연설이었다. 그러니까 현지의 말인즉 넓은 작업실이 필요하지만 일반인한테 수업 따위는 하기 싫고, 기업이랑은 더 하기 싫지만 고급화 전략을 취하자는 거였다.

B2C도 B2B도 다 안 한다면서 뭘 고급화해?

사무실은 얻지 말고, 사업은 B로 가고, 전략은 고급화로. 구의 노선은 말은 되었으나,

그래서 대체 뭘 팔 건데? 우리 걸 사줄 회사는 어서 찾고?

얘기는 빙빙 돌았다. 돌고, 돌고, 또 돌았다. 어떻게 할 것인가만 있지, 무엇을 할 것인가는 없었다. 몇 번의 술자리가 거치자 다른 애들도 문제를 느끼는 모양이었다.

"맨날 말만 말고 뭐라도 해봐야 하는 거 아냐?"

놀랍게도 현지의 입에서 튀어나온 말이었다.

"그러게, 제일 좋은 건 뭐든 다 한 번씩 해보는 건데."

음모론을 피울 때만 아니면 헌승은 똑똑한 아이였다.

"생각과 실전은 다르니까. 우리 케미가 어떤지 알아도 볼 겸, 아름아름 한 번씩 해보는 게 가장 좋지. 다들 알잖아? 십 년 동안 골방에서 기타만 친 새끼보다 공연 열 번쯤 한 삼 년 차들이 훨씬 나은 거."

심지어 현명하기까지 했다.

"어차피 나중에 다 할 거니까, 하나하나 각개격파를 해볼 시간이 필요해."

"요는 비용을 최소화하면서 일종의 연습 시간을 확보하는 것이겠군."

"그렇지, 그거지."

내 말에 헌승이 기뻐했다. 현지가 심술을 부렸다.

"정리충 같으니."

"정리충은 익충이지."

"익충이어도 벌레잖아."

헌승이 고집스럽게 말을 계속했다.

"여기저기 옮겨 다녀서는 탄성을 못 받을 거 같고…."

이 기회에 구 댄서의 의견을 뒤집고 싶은 모양이었다.

"아무래도 공간이 있어야 할 것 같은데 당분간 임대료 내기는 어려울 테니…."

순간이었지만 나는 느꼈다. 현지와 내가 헌승의 입술을 주시하며 동시에 꿀꺽, 마른침을 삼키는 것을.

"왜 어디 빈 데라도 있어?"

이번에도 현지가 나보다 빨랐다. 날카롭게 빈틈을 포착한 드라이브였다. 헌승은 대답 대신 막걸리를 한 잔 들이켰다. 강하게 날아온 공을 허공에 띄워 시간을 버는 기술이었다. 그러면 이쪽에서도 별 뜻 없이 날린 말인 양 딴청을 피울 수밖에 없었는데, 곧바로 다시 물으면 꼬시려는 말이 되고 꼬시면 꼬실수록 헌승 같은 아이는 마음을 닫아버리기 때문이었다.

이를테면 비밀번호를 연달아 틀리면 몇 분 동안 꺼져버리는 도어락 같은 거였으므로, 충분히 기다려야 중복 카운트에 걸리지 않을 수 있었다.

이 얘기로도 설명이 안 된다면,

헌승의 부모님이 부동산 재벌이라는 말로 깔끔하게 정리할 수 있겠다. 자산 규모가 얼마인지는 몰라도 한두 채 수준이 아닌 것만은 분명했다. 조물주 위에 있다는 건물주의 아들. 고로, 예수보다 높은 등급. 음모론자가 아니었다면 애초에 우리와 함께 놀 깃털이 아니었다.

자꾸 설명충 같아서 슬프지만 한 가지만 덧붙이자면, 헌승은 돈이 많건 적건 친구를 평등하게 대했으므로 거꾸로 헌승에게 돈을 바라는 건 반칙이었다. 마음은 후해도 돈에 대해서는 철저했다. 그런 헌승에게 공간을 제공할 의향이 있는지를 떠보다니, 현지는 꽤 발칙한 짓을 한 거였다.

헌승은 막걸리를 한 모금 마시고 바깥에 나갔다 왔다. 담배를 한 대 피고 온 모양이었다. 나는 현지의 눈빛을 접수하고 적당한 시기에 다시 물었다.

"너네 쪽은 시세가 얼마나 돼? 한 열 평쯤 하는 사무실이라면?"

헌승은 솜씨 좋은 컷 드라이브로 공을 받아냈다.

"나야 뭐 부모님이 돌아가시지 않는 한 그냥 병신이야, 알잖아?"

나는 엣지 맞고 떨어진 공을 급히 올려 깎아치기로 살려냈다.

"어차피 임대할 거면 너한테 하는 게 효율적이지 않겠냐는 얘기지."

하지만 탁구는 곧 평범한 주고받기, 쉬어가기 타임으로 전환되었다. 득점 따지지 않고 그냥 치는, 오늘은 그만치자 정리용 탁구.

"에이, 너네한테 돈 받기는 좀 그렇지. 같이 하는 사업인데."

"무슨 소리야 친구일수록 시세대로 쳐서 정확히 받아야지."

"인테리어가 수업하기에는 적당치 않아서 그러는 것보다는….."

"인테리어도 같이 돈 내서 해야지 딴 데 빌리면 인테리어 안 하냐?"

나는 내가 말하면서도 가증스러웠다. 십시일반이라 해도, 여기 그만큼의 돈을 낼 사람이 누가 있단 말인가? 아니나 다를까, 현지와 밤비는 혹시라도 내 말이 진심일까 봐 잽싸게 딴청을 피웠다. 별로 재밌지도 않은 얘기를 하며 깔깔거리는데 서로의 어깨를 치는 손이 자꾸 어긋나고 있었다. 오랜만에 입을 연 건 구였다.

"내가 아는 사람이 좀 있는데."

"어떤 사람인데?"

헌승이 물었다.

"돈도 좀 있고, 최근 자기 건물에서 하던 사업 하나를 정리해서 건물이 비었는데 아직 창창한 나이라서 임대 주기는 싫다네? 나한테 젊은 사람들 좋은 아이템 있으면 알려 달라고 했는데 컨택해보는 것도 나쁘지 않을 듯?"

이번에는 내가 물었다.

"어떤 사업을 하셨던 분인데?"

"이것저것 하시는 분인데 이번에 접은 사업은 미술 관련 사업이었던 듯? 갤러리로 썼던 건물이라 건물도 예쁘게 생겼어. 그러고 보니 노작이랑 성씨가 같네요?"

헌승과 나는 싱크로나이즈드 스위밍을 하듯 서로에게 고개를 돌렸다. 설마 아니겠지. 홍대에 미술 사업하다 접은 사람이 한둘이야? 확률상으로는 말도 안 되는 얘기였지만 하지만 이곳은, 가는 곳마다 날뛰는 설마를 한 마리쯤은 보게 되는, 홍대였다.

4

돌고
또 돌고

삼촌은 아버지와 터울이 많이 졌다. 나의 형과 열 살 차이 밖에 안 났다.

형보다 더 철없는 나의 삼촌.

철 대신 돈이 많은 나의 삼촌.

삼촌은 아버지와 상극이었다. 서로 안 보고 산 지 십 년쯤 되었다. 물론 아버지 장례식에는 왔지만 나도, 삼촌도, 형도, 매형도, 앉았다 일어났다 하느라 바빴다. 외국인의 눈에는 꽤 잘되는 식당의 웨이터처럼 보일지 몰랐다.

한국의 장례식은 슬픔을 근육통으로 바꾸는 의식 같았다. 마음의 나라와 육체의 나라 사이에 있는 환전소. 하루 종일 절을 하고 나면 너무 피곤해서 잠이 오지 않았다. 장례식이 끝나고 나서도 며칠간을 나는 무릎을 절뚝이며 다녔다. 어쨌든 삼촌과 대화할 새는 없었고, 근황에 대해서는 전혀 몰랐다.

삼촌은 나에게 미지의 세계였다. 북극 같은 곳. 가보고 싶기는 한데 과연 갈 수 있을까 싶은 곳. 남극에 사는 북극곰이 있다면 삼촌이었다. 겉보기에는 UFC 선수인데 전공은 무용이었다. 아, 그러고 보니, 삼촌은 한때 댄서였다, 댄서!

고등학생일 때 삼촌의 댄스 회사에 찾아간 적이 있다. 건강 증진과 스트레스 해소에 좋을 것 같다고 둘러댔지만 사실은 클럽에서 놀고 싶다는 거였는데 눈치챘는지 어쨌는지 삼촌은 제자리에서 한 바퀴 도는 동작을 보여준 다음 말했다.

"한 번만 성공해라."

"한 번만 하면 돼요?"

일 회전을 성공하면 이 회전, 삼 회전도 성공할 수 있고, 그 뒤에는 무한 회전이 가능하다는 거였다. 오 회전, 십 회전도 아니고 무한 회전이라니.

"이것만으로 춤이 돼요?"

"안 되지."

"근데 왜 이것만 시켜요?"

"그게 안 되면 춤이 안 되니까?"

나는 돌고, 돌고, 또 돌았다. 어쩌면 나에게 숨은 끼가 있어 책상에서 탈출하게 되기를 바랐는지도 모른다. 하지만 3일이 지나도, 4일이 지나도, 연속 회전은커녕 한 바퀴조차 말끔하게 성공할 수 없었다. 보람 없이 땀에 젖어 연습생들의 재즈 댄스를 바라보고 있노라면 나비 동산의 땅벌레가 된 기분이었다.

일주일째 되는 날 나의 피루엣을 본 삼촌은 말했다.

"내일부터 나오지 마라."

발끈한 나는 삼촌에게 그만 진의를 밝히고 말았다.

"아니, 클럽에서 춤추는 데 발레까지 알아야 해요?"

"그쯤이면 클럽 정도는 충분해."

뭔 말이야, 하루 종일 빙빙 돌기만 했는데, 아무것도 안 가르쳐주고 뭐가 충분하대, 생각했는데 삼촌의 말이 맞았다. 신기하게도 나는 클럽에서 대충 박자를 맞출 정도는 돼 있었다. 연습실에 오는 연습생들은 예뻤고, 빙빙 돌면서도 나는 예쁜 연습생들의 춤추는 모습을 열심히 쳐다보지 않을 수 없었고….

현승은 '한 번 찾아뵙는 것도 겸사겸사 나쁘지 않을 것 같다'는 입장이었다. 구 댄서는 '삼촌인데 만나면 되지 뭐가 문제냐'는 태도였다.

이성과 감정을 오가며 고민하고 있는데 구 댄서가 물었다. 구는 제법 사람 심리를 아는 여자애 같았다.

"노작 씨가 싫으면 제가 얘기해볼까요?"

삼촌을 찾아간 건 이십 년 만에 처음이었다. 몇 개월 전에 장례식장에서 보았다지만 개인적으로는 정말 오랜만인 나에게 삼촌은 고개를 끄덕, 했을 뿐이었다. 처음 보는 현승에게는 반갑게 악수를 청했으면서, 구에게는 며칠 사이 예뻐졌다며 등까지 토닥였고.

구의 말대로 삼촌은 1층 카페를 제외한 나머지를 비워놓은 상태였다. 노출 콘크리트로 지어진 5층 건물이었다. 부자인 줄은 알았지만 이렇게 예쁜 건물을 갖고 있을 줄은 몰랐다.

나는 그간의 개요를 열심히 설명했다. 구가 적절한 타이밍에 맞장구도 쳐주고 보충 설명도 해주었다. 삼촌은 뚱하게 듣고 있다가도, 구가 말하면 이해가 간다는 듯 끄덕거렸다.

얘기를 듣고 난 삼촌은 5층에 있다는 사무실 직원에게 전화를 했다.

"어, 난데, 오늘 아침에 봤던 거 있잖아? 그것 좀 가지고 내려와 봐."

삼촌은 내놓은 것은 삼십 장쯤 돼 보이는 A4용지 한 뭉치였다. 〈이태리 도시락 기본 계획〉이라는 타이틀이 적혀 있었다. 이태리 도시락은 뭐고, 도시락이랑 예술 사업은 또 무슨 상관? 이태리라는 고급스러운 아이템과 도시락이라는 대중적인 상품을 결합시킨 아이디어를 좀 배우라 이건가? 그거야말로 우리 사업의 핵심이에요, 폼 나는 걸 쉽게 가르치자….

"내용은 볼 것 없고."

삼촌은 여전히 짧고 명쾌했다.

"이런 양식으로 써 갖고 와."

잠시 동안은 회의가 끝난 줄도 몰랐다. 헌승과 반갑게 악수하고 난 삼촌이 구 댄서에게, "바쁘지 않음 나랑 식사하러 갑시다" 하고 친절 가득하게 말했을 때에야 너네는 그냥 집에 가라는 얘기임을 알았다. 그게 전부는 아니었다. 깜박 잊고 있었는데, 상극이기는 했지만 삼촌은 아버지와 같은 점도 있었다. 가족에게는 친절한 사람이 아니라는 것.

"너는 사업을 하겠다는 놈이 기획서 개념도 없냐?"

등단을 했다니까 상금은 얼마 받았냐, 쓰는 데는 얼마나 걸렸냐, 이것저것 물어보시더니 아버지가 하신 말씀.

"육 개월 쓰고 삼백 받았으면 월급 오십이란 말이냐? 때려 쳐라."

막내가 고등학생일 때 너 때문에 스트레스를 많이 받아 정신과에 다닌 적 있는 거 아냐는 어머니 말에 형이 뭐라고 대답했는지도 새삼 떠올랐다.

"작가는 원래 다 그런 거 아녜요? 저 때문에 작가 된 거네요 뭐."

나로서는 참으로 창의적이라고밖에는 받아들일 수 없는 논리. 아버지와 형의 발언에 비하자면 삼촌의 말은 차라리 상식적이었다. 상식에 어긋나지 않아서, 상대방을 더 불타게 만드는 면이 없지 않았지만.

　나는 소설만 아는 샌님이 아니었다. 대학원을 다니려면 알바의 달인이 되어야 했고, 알바 중 으뜸은 정부지원 사업이었다.

　정부 주도 산학연 프로젝트의 특징은 처음에는 전공과 관련이 있어 보여도 일이 진행되면 어디로 갈지 알 수 없다는 점이었다. 헌승의 말대로 정부 사업의 진짜 목적은 향후 한국 산업계 저임금 노동의 근간을 이룰, 세상의 모든 잡다한 노가다에 정통한 시다바리 양산일지도 모를 일이었다.

　21세기 학문의 핵심은 통섭이라며? 통섭은 학문과 학문의 만남이라며? 학제와 학제 사이의 경계 허물기라며? 현실은 가도 가도 사막뿐이었다. 오아시스가 있어야 만남이 있고, 경계가 있어야 허물 게 아닌가.

　현대문학 전공이 예술 관련 검색엔진에 인문 파트로 참여했다가 컴퓨터 코딩을 배우질 않나, 처음에는 문화 분석이 임무라고 들었는데 어느새 보니 앙케트를 정리한답시고 통계 프로그램(SPSS)을 돌리고 있질 않나. 오천만 원으로 십 분짜리 3D 애니메이션을 수주하라기에 전화를 해보았더니 분당 일억의 견적을 부르지 않나, 오백만 원의 지방 도시의 문화거리 조성 사업에 소요될 조명의 설계도를 의

뢰했더니 조명 회사에서는 장장 4킬로미터에 달하는 거리의 3D 지도를 요구했다. 그리하여 통섭은 3D. 더럽고, 어렵고, 위태로운 일을 보조 연구원 혼자 해내는 것. 그런 나에게 교수님들은 쓸모없는 전화번호를 주었고, 조교님들은 틀린 문장과 숫자를 주었다.

나는 삼촌에게 가져갈 제안서를 로켓의 속도로 작성했다. 나를 사막이 아니라 달에, 혹은 드넓은 우주에 데려다줄 로켓. 일주일 뒤 같은 시간에 같은 장소에서 네 명은 다시 만났다.

나는 그동안 논의된 대로 사무실 겸, 공동 작업실 겸, 예술 강좌를 하는 회사의 모델을 제시했다. 글쓰기, 음악, 미술, 춤을 내부 인원으로 다 가르칠 수 있다. 낮 시간에는 갤러리 겸 카페를 운영하여 각종 예술 상품을 팔 것이다. 요즘 홍대에서 잘나가는 뮤지션들의 음반, 홍대 아티스트들이 추천하는 이번 달의 신간, 그리고 각종 팬시상품들을 취급하는 복합장르 편집숍이 될 것이다. 예술가들은 밤늦게까지 작업을 하는 경우도 많으므로, 공간이 비어있는 시간이 거의 없게 된다.

초기 비용 제로, 공간 효율성 극대화.

구가 옆에서 보충 설명을 했다. 삼촌은 미간에 주름을 잡고 기획서를 보다가 구의 설명을 듣고 고개 끄덕이기를 반복했다. 카페 직원이 커피를 가져다주었을 때쯤 말했다.

"근데 이윤은 어디서 내겠다는 거냐?"

"거기 다 써놨잖아요?"

"초기에 적자가 심할 텐데 그건 어떻게 해결하려고?"

"비용이 안 들어가는데 왜 적자가 나요?"

"비용이 왜 안 들어가지?"

"이윤이 발생할 때까지 아무도 인건비를 안 받을 거라니까요?"

삼촌은 하하하하, 어이없다는 듯 웃었다.

"공간 임대료는?"

아니, 공간이 없으니까 삼촌한테 왔죠?

"너 이 건물 한 층 월세가 얼마일 것 같냐?"

나는 시세에 밝은 듯 보이려고 머리를 빨리 굴렸다. 이 정도면 층당 삼십 평쯤 되겠지. 이 동네 열 평짜리 오피스텔 월세가 백만 원 정도니까….

"사백만 원 정도 하겠죠?"

"1층만 삼천만 원인데?"

"당연히 1층은 비싸겠죠."

"그렇다고 2층이 칠 분의 일 가격이 되겠니?"

"그래서 얼만데요?"

"2층 3층 통으로 임대하면 천오백."

"그 정도는 삼촌이 투자하셔야죠."

삼촌은 깜짝 놀라는 표정을 지었다.

"일 년이면 일억 팔천만 원인데? 내가 왜?"

"아니, 어차피 지금 놀고 있는 공간 아닙니까. 놀고 있는 동안에만 쓰자는 건데 그렇게 다 드릴 것 같으면 뭐 하러 친척을 찾아옵니까?"라고 말하기에는 걸리는 게 있었다. 아버지와 삼촌의 관계.

끼니를 굶고 있다며 찾아온 삼촌에게 아버지는 말했다. 춤 같은 걸 추고 있으니 그 꼴이 되는 거야. 내가 너한테 돈을 주면 너는 계속 춤을 출 테니 이번 기회에 정신 차리고 취직해서 사람 노릇을 하며 살아가도록 해라.

아버지 말대로 취직했대도 삼촌은 부자가 됐을까? 성실하고 정직했던 아버지는 집 이외의 재산을 갖지 못했다. 평생 돈 걱정을 하며 사신 것은 물론이었다.

"그래, 네 말대로 내가 투자로 생각하고 공간을 내놓는다 치자. 인테리어는 어떻게 할 참이냐? 스물네 시간 공간을 굴리면 전기세와 난방비는 어떻게 해결할 셈이지? 공과금만 해도 층당 50만 원은 발생할 텐데?"

내가 말이 없자 삼촌이 먼저 말했다. 그러고는 삼촌만은 차마 안 할 줄 알았던 발언을 했다.

"돈이 없으면 취직을 해야지, 이게 지금 내 돈 가져다가 너네끼리 나눠 갖겠다는 얘기랑 뭐가 다르냐?"

포장용 노끈에 라이터 불이 닿은 것처럼 가슴속 무언가

가 뚝, 끊겼다. 그 순간 나는 냉정하게 깨달았다.

상처는 돌고 도는 것임을.

돌고 도는 상처야말로 집안 내력의 정체임을.

삼촌
전성시대

삼촌을 설득한 건 구였다. 좋아진 건지 나빠진 건지는 알수 없었다. 삼촌이 우리와 평등한 관계를 맺고 싶다고 선언했기 때문이다. 사업은 함께 하되, 공간이나 돈은 제공하지 않겠다는 주장이었다. 대체 그게 뭐가 평등해?

"어쨌든 제 사업 구상이 좋았다는 거 아니에요?"

"아닌데? 난 공간 필요 없는 사업할 건데?"

"그래서 뭘 하실 건데요?"

"일단 얘기를 많이 해보자. 어느 순간 빵 터지는 순간이 있을 거야."

나이가 몇 갠데 말 좀… 이라고 스무 살이나 많은 삼촌에게 말할 수는 없었다. 철없는 게 하루 이틀은 아니었지만 삼촌마저 매주 술을 마시자고 할 줄은 몰랐다. 심지어 조카 친구들과. 아니 조카보다도 어린애들과….

좋은 건 밥값, 술값이 굳었다는 거였다. 멤버들도 별다른 불만은 없는 것 같았다. 삼촌은 의외로 인기가 좋았다. 밤비는 잽싸게 '아빠'라는 호칭을 입에 붙였다. 현지는 애매한 모양이었는데, '오빠'는 오버 같고, '씨'는 건방진 것 같고, '대표님'은 본인 스타일 아니라는 거겠지. 그렇다고 밤비처럼 '아빠'라고 부르기도 싫은 건 혹시 여지를 남겨두겠다는 뜻이니?

현지는 자신의 '힙(hip)한 기준'을 명예롭게 여기는 애였다. 자신은 흔해빠진 된장녀도, 눈만 높은 김치녀도 아니라는 거였다. 뭐라면 좋을까, '너그럽지만 개성적인 취향'이랄까. 여기서 잠깐, 모르는 분들을 위해 이르자면, '높지 않지만 개성적인 눈'은 '매우 높은 눈'보다 절대, 결코, 낮은 게 아니었다.

차라리 돈 많은 남자 구하기가 쉽지.

"남들만큼 벌고 시간 많은 남자거나, 살짝 지적이면서 잔근육 발달한 남자가 쉬워?" 그래놓고서는, "내가 부자를 바란대, 그냥 평균치에 메리트 조금만 있으면 좋겠다는 건데" 따위의 말을 당연하다는 듯 내뱉는 아이였다.

그냥 평균치에 메리트 조금이라니.

남들만큼 먹고 날씬한 여자거나, 머리도 꽤 좋으면서 적당히 섹시한 여자라고 했어 봐. 아마 너는 앞사람 기분이야 똥이 되든 거름이 되든 한 계절이 다 가도록 배를 잡고 비웃거나, 아니면 "야, 이 미친 새끼야, 너 같은 새끼 땜에 우리나라 남녀평등 지수가 117위인 거야 정신 나간 새끼야…" 교향곡처럼 길고 웅장한 욕설 한마당을 시작했겠지.

어쨌거나 삼촌은 현지와 밤비의 기준을 모두 통과한 거였다. 내가 했다가는 다음의 다음 생까지 놀림받을 것 같은 아저씨 개그가 삼촌이 하면 먹혔다. 밤비와 현지의 성향상 돈이 많은 남자여서 그런 건 아닌 것 같았다. 삼촌은 여성에 대해서는 빈부와 미추를 막론하고 친절했다. 이십 대를 사귀고도 남을 사람이었지만 여자를 건드릴 사람은 아니었다. 그렇다고 꼰대가 아닌 것도 아니었다. 삼촌은 여성에게만 꼰대가 아닌 사람이었다. 남성에게는 친절하지 않으며, 가족에게는 더더욱 그러했다. 나는 그래도 가족이니까 참지.

헌승이 제일 먼저 조직을 이탈했다.

"나를 봐서라도 남아주면 안 될까?"

"너네 삼촌이 싫은 게 아니고, 뭐랄까."

"알고 보면 좋은 사람이야."

"그게 문제는 아닌 것 같아."

헌승이 빠지자마자 삼촌은 말했다.

"합자 회사를 만들자."

"합자 회사라뇨?"

"투자한 돈만큼 지분을 갖는 회사."

"투자라니요?"

"네 명이니까 오백만 원씩 이천만 원으로 시작하자. 천만
원 오피스텔 보증금으로 내고, 나머지 천만 원 25퍼센트씩
지분 가지는 걸로."

밤비와 현지의 얼굴이 구겨졌다. 오백이면 모르긴 몰라
도, 밤비의 반년치 생활비쯤은 될 거였다. 아무도 대답하지
않자 삼촌은 한마디 덧붙였다.

"오백이 아까우면 뭐, 빠져야지. 데려올 사람 많아."

잘 나가다가 한마디에 인심을 잃는 건 집안 내력이 아니
었다. 어디서 유입되었는지 알 수 없는 삼촌의 돌연변이가 유
전자였다. 밤비와 현지는 그 말을 가난뱅이들은 꺼지라는
뜻으로 받아들였다. 구가 아무리 설득해도 소용없었다.

나는 삼촌에게 일대일 면담을 신청했다.

"쟤네들은 아티스트잖아요. 사업가가 아니라고요."

"아티스트 할아버지여도 사업을 하려면 사업의 룰을 따
라야지."

"삼촌은 돈을 대고 일은 우리가 하면 되죠."

"잘될 때는 붙어 있겠지. 적자 나기 시작하면 바로 도망
갈걸? 적자를 감당할 수 없으면 오너가 될 수 없다. 너는 오
너가 될 자격이 있는 사람이냐?"

"그게 무슨 말이에요."

"너도 오백만 원 내기 싫냐?"

"작가가 오백이 어딨어요. 설사 있다 해도 천만 원 합자로는 세 달도 못 버틸걸요?"

"이윤을 창출하면 되지."

"세 달 만에 이윤을 창출해요?"

"그 정도 자신도 없이 사업을 해?"

말이 빙빙 돌고 있었다. 한두 번 겪는 일은 아니었지만 겪을 때마다 새록새록 짜증이 났다. 도대체 이놈의 삼촌은 뭘 자꾸 이렇게 돌려? 아, 그럼, 맘대로 하세요. 다 쫓아내고 삼촌 혼자 하시든지!

삼촌은 약한 사람한테는 약하고, 강한 사람에게는 강한 사람이었다. 반대로 약하게 나가면 낮춰 보고, 강하게 나가면 높이 보는 스타일이었다. 문제는 삼촌에게 장점이 없는 게 아니라 그놈의 장점이 단점과 한 몸이라는 사실이었다. 반면 삼촌의 단점은 약점이기도 해서 유사시 이용해먹기는 좋았으므로 때로는 장점이랄 수도 있었다. 그러고 보니 또 돌고 있었다. 삼촌은 끊임없이 돌고 도는 사람이었다.

내가 강하게 내지르고 전화도 받지 않자 삼촌은 백기를 들었다. 삼촌에게서 문자 메시지가 온 것은 일주일 만이었다.

– 너 작업실 보증금 이쪽으로 **빼면** 되잖아. 나중에 보
증금은 보장해 줄게.

나에게는 작업실이 있었다. 학원 강사로 일하던 시절 저
축한 돈을 거의 다 투자한 공간이었다. 전세 오천에 관리비
십만 원에 쓰던 것이 월세가 덧붙어 달에 삼십만 원씩 들더
니 최근에는 주인이 월세 전환을 선언했다. 내년이 되면 작
업실 대책이 없는 셈이었다.

아버지는 내가 작업실을 없애고 전월세 빌라를 얻어 독
립하려던 시점에 돌아가셨다. 나는 현재 어머니와 살고 있
었다. 집에서는 소설을 쓸 수 없었다.

삼촌의 말인즉슨 작업실과 사무실을 합하면 되지 않냐는
거였다. 남들이 보기에는 합자인 것 같지만 보증금은 보장
되니까 사실은 한 푼도 안 내는 셈이다. 돈도 많은 양반이
오백만 원 갖고 잔머리는 할튼. 솔깃한 제안이었지만 나 좋
자고 친구들을 배신할 수 없었다.

– 그럼 밤비와 현지는요.

– 걔넨 돈 없다며.

– 그러니까 **빼**자고요?

– 걔네를 **빼면** 선생이 없잖아.

– 데려올 사람 많다면서요.

- 그래도 내부인이 있어야지.

- 그럼 어쩌자고요.

- 돈 낸 사람은 등기 이사. 안 낸 사람은 그냥 이사. 등기 이사는 지분을 챙기고 그냥 이사는 그때그때 이윤을 나눠 갖는 걸로.

합리적인 제안 같았다. 현지와 밤비의 성향상 페이 받는 것을 훨씬 좋아할 것 같기도 했다. 하지만 순진하고 착해서 맨날 당하는 예술가들을 보호할 수 있는 구조를 만들자는 게 이 사업의 취지 아니었던가?

- 그게 뭐예요. 그냥 알바잖아요? 창립 멤버 우대 뭐 이런 거 없어요? 적더라도 약간의 지분을 준다든지.

나는 삼촌에게 먼저 물어보고 싶은 것을 백만 번쯤 참았다. 세상에는 인생을 길게 사는 방법이 참 많았다. 삼촌은 며칠 만에 문자를 보내는 대신 전화를 걸어 말했다.

"나중에 본인이 돈을 집어넣겠다면 지분을 인정해주는 방식이 어때. 나중에 페이가 많이 발생해서 그중의 일부를 지분으로 투자하겠다면 받아주자는 거지."

"그게 외부 투자자랑 뭐가 달라요?"

"그건 펀딩이잖아. 펀딩은 우리가 투자한 돈의 10분의 1

가치로 인정해주는 거야. 왜냐. 그들은 돈만 투자하고 일을
안 하니까.”

“10분의 1? 그렇게 낮은 비율에 투자할 사람이 어딨어요?”

“은행 금리가 1퍼센트 대인 시대에 왜 안 해? 배당금이
더 높으면 하는 거지.”

어머니는 평생을 걸어 다니셨다. 택시를 타는 일은 아예
없었고 친구를 만날 때도 커피만 마셨다. 사막에서 물 아끼
듯 아낀 돈을 은행에 저축하셨고 한번 들인 돈은 절대 꺼내
지 않았다. 그런 어머니가 요즘 통장 하나를 깼다. 생활비
가 모자란 상황이 되었기 때문이었다. 형과 누나는 어머니
의 용돈을 얼마나 드려야 할까를 놓고 한숨을 쉬었다. 조카
들은 중학생이었다. 최근 큰조카 한 명은 미술 학원에 보내
주지 않는다는 이유로 가출했었다.

다행인 것은 형도 누나도, 나에게 얼마를 내놓을 거냐고
묻지는 않았다는 거였다.

내가 삼촌의 제안을 전하자 현지와 밤비는 동시에 눈을
반짝이더니 말했다.

“그런 거라면 완전 좋지!”

언제는 삼촌을 다시는 보고 싶지 않다더니. 이건 순수하
다고 해야 할지 간사하다고 해야 할지. 둘이 손을 맞잡고
뛰며 설레발까지 쳤다.

"그럼 이제 우리 미래의 대주주가 되는 거야?"

구성 인원이 정해지자 일주일 만에 구가 오피스텔을 구했다. 나에게는 사무실이자 공짜 작업실이 생긴 셈이었다. 구직 사이트에 간략한 회사 소개와 구인 공고를 내는 것도 구가 했다. 아직 법인등록도 안 한 회사에, 최저임금을 받고 누가 원서를 내려나 했는데, 매일매일 두세 명씩의 면접자가 왔다.

이따위 회사에 원서를 내는 사람들이 오죽하겠냐 싶었는데, 서울에 있는 4년제 대학을 졸업한 사람이 절반을 넘었다. 경력자도 꽤 많았고, 중에는 대기업 출신도 있었다. 가장 신기한 사람은 외국의 명문대를 나와, 유수의 대기업들을 거친 명선희 씨였다. 명선희 씨의 포트폴리오를 보여주면 헌승은 이렇게 말할 것 같았다.

거 봐, 우리는 모든 게 음모인 세상에 살고 있다니까. 이로써 일자리는 있는데 대졸자들이 눈이 높아서 문제라는 기사들이 정부의 조작이라는 게 여실히 드러난 거지. 가만있어선 안 되겠어….

삼촌은 명선희 씨에게 딱 한 가지를 물었다.

"이렇게 학벌도 경력도 화려하신 분이 우리 회사에 오신 이유가 뭡니까?"

명선희 씨는 일 초의 에누리도 두지 않고 답했다.

"경력 좋으면 뭘 해요. 오십이 넘으면 뽑아주질 않는 걸요."

잠시 쉬었다 다시 말했다.

"예전에는 좋은 회사에 취직만 하면 된다고 생각했어요. 연봉보다 지속 가능한 일자리가 중요하다는 사실을 너무 늦게 깨달았죠. 잘할 수 있는 일보다 잘하고 싶은 일을 해야 한다는 사실도요. 세상의 모든 재미있는 것들을 가르치겠다는 이 회사의 모토도 마음에 들었습니다."

명이 말한 모토는 내가 작성한 것이었다. 삼촌은 쓰윽 나를 쳐다봤고, 덕분에 나는 으쓱해졌다. 그러느라 우리는 명이 전장에 나가는 장수처럼 한쪽 무릎을 바닥에 대고 앉는 걸 말리지 못했다.

"이 회사에 뼈를 묻고 싶습니다."

난데없이 임금이 된 삼촌은 명을 일으켜 세운 다음 말했다.

"당장 다음 주 월요일부터 출근하실 수 있겠습니까?"

"저기요 삼촌, 저희한테도 좀 물어보고 결정하시죠?"라고 반박할 새도 없었다. 왜 이렇게 성급하시냐고 타박하자 삼촌은 실실 웃었다.

"저분 몇 킬로그램이나 나갈 것 같냐?"

"글쎄요, 사십오? 사십칠?"

"나이 오십에 오십 킬로가 안 넘는다는 거잖아. 그럼 됐지."

"뭐야, 직원을 몸무게로 뽑아요?"

"예술가들이 제일 못하는 게 뭘 것 같니? 너도 예술가니까 한번 말해봐라."

내가 입을 앙 다물고 대답하지 않자 삼촌은 특기대로 한 마디를 툭 던지고 자리에서 일어섰다.

"잘 모르겠으면 저분이 뭘 잘할 것 같은지 한번 생각해보 도록 해."

겪어보기 전에는
누구도

미팅 지옥이 시작되었다.

삼촌은 엄청나게 많은 사람들과 약속을 했다. 요즘 잘나
가는 슈퍼 강연자와 점심을 먹고, 오후에는 B2B 업체 대표
와 만나 조언을 듣고, 저녁때는 신문사, 방송사, PR 회사 등
의 이사들과 만찬을 한 다음 야밤에는 투자에 관심이 있는
지인들을 불러 술을 마시는 식이었다. 거의 모든 자리에 구
와 내가 동석했다.

강의할 때를 제외하곤 내내 작업실에 처박혀 있다가 일
주일에 한 번 정도만 사람을 만나는 나로서는 현기증 나는
스케줄이었다. 사막 한가운데서 갈급하다가, 사람 홍수에
익사 지경이 된 기분이었다.

회사의 상호를 정했다.

삼촌과 구가 〈문화발전소〉를 밀었다. 나는 〈씨플랜트 (C-plant)〉가 어떻겠냐고 했다. 삼촌이 너는 소설 쓰는 아이가 왜 영어를 좋아하냐고 타박했다. 구와 명이 문화발전소와 씨플랜트를 병기하는 안을 제시했다.

삼촌과 구는 전형적인 경험형, 직관형이었다. 자신이 직접 본 것으로 판단하고, 그때그때의 직감을 신뢰하는 스타일. 책과 자료를 근거로 하는 나와는 정반대였다.

"남의 말만 듣고 어떻게 사업을 해요."

"나는 평생 그렇게 사업했는데?"

"판단의 풀(pool)이 자신의 경험치에 한정되잖아요."

"그럼 뭐 너처럼 책벌레 하라고? 항상 한발 늦는 게 책이야. 상대는 이미 강 저쪽에 가 있는데 이제 뛰어들면 뭐하나? 옷만 적시지."

말은 그렇게 해놓고 삼촌은 나이 지긋한 학자를 영입했다. 장도선이라는 사회학자인데, 최근 여행과 관련된 인문학 강좌로 꽤 유명해진 강사였다. 나는 담배 피는 삼촌을 따라 나가 따졌다.

"저 사람이 왜 등기 이사를 해요?"

"인문학이 대세잖아."

"저 사람 인문학만큼은 저도 할 수 있어요."

"좋은 형이야."

"그게 사업이랑 무슨 상관이에요?"

"발이 넓어. 정경계에 아는 사람이 많아."

"그게 인문학이랑 무슨 상관이에요?"

"정경계 조찬회에서 인문학 강좌를 해보려고 해. 그러려면 네트워크가 필요하잖아? 네가 네트워크 끌어다 줄래?"

"진작 그렇게 얘기하셨어야죠."

그렇게 해서 문화발전소는 네 명의 이사로 시작됐다. 나이가 골고루 배분된 점은 마음에 들었다. 구태의연한 조직은 싫었다. 다양성이 확보되고 위계가 없는 조직이었으면 했다. 그런 의미에서 대표를 구에게 맡기기로 했다.

장 선생님이 회사의 인사말을 썼다.

새로운 별 하나를 만들어내기 위해서는 내면에 혼돈을 품고 있어야 합니다. 혼돈이야말로 문화발전소의 에너지입니다. 문화는 안정적이고 편안한 그 무엇으로부터 오지 않았습니다. 갈등하고 긴장하고 격투하는 혼돈으로부터 세상의 모든 문화는 왔습니다. 저 혼돈의 이탈리아가 인류의 문화 창고에 가장 많은 작품을 보관하고 있다는 사실만 보아도 알 수 있습니다. 반면에 평화롭고 안정적인 스위스는 인류의 문화 창고에 시계 이외에는 특별한 문화예술 작품을 추가하지 못했습니다.

스위스처럼 행복한 나라에는 독창적인 예술이 없다니, 생각해보지 못한 점이었다. 나는 장 선생님을 무시했던 것을 반성했다. 혼돈이 창조의 밑거름이라는 직관에서부터 한국의 위기를 예술의 기회로 바라보는 시대 인식에 이르기까지, 역시 사람은 섣불리 판단할 게 아니었다. 장 선생님의 인사말에서 나는 C-plant를 단적으로 설명할 제목 하나를 얻었다.

Chaos-plant.

즉, 혼돈의 기획.

똑같은 방식으로 C-plant를 조금씩 변형하여 소개글을 써보았다. 마치 예전에 한 번 써봤던 것처럼 글이 술술 써졌다.

C-plant는 인문과 예술과 문화가 함께하는 엔터테인먼트 회사입니다.

Culture plant(문화 발전소)는, Consilence plug(통섭의 플러그)입니다.

내가 씨플랜트의 소개글과 경영철학과 기본이념 등등을 써내려가는 동안, 명 실장님은 내 옆자리에 앉아 법인을 등록하고, 네이버와 다음과 페이스북과 트위터와 인스타그램에 씨플랜트의 계정을 신청하고, 유선전화를 개설하고, 각종 파일들을 만들었다. 나는 오후에 오지 않으면 미팅 중인 경우가 많았으므로, 명 실장님은 사무실에 혼자 있을 때가 더 많았다.

혼자이건 말건, 매일매일 업무 보고서를 썼다.

어찌나 공들여 쓰는지, 어쩌면 업무 보고서 쓰기가 명 실장님의 가장 중요한 업무처럼 보이기도 했다.

아직 전화받을 일조차 없는데도 명 실장님의 업무 보고서는 늘 빽빽했다. 무슨 거대 프로젝트라도 꾸리고 있나 해서 읽어보면, 새로 산 비품의 목록, 사무실 청소, 화장실 청소, 다기 세트 완비, 보일러 점등 소등, 법인카드 사용 내역 및 영수증 파일 책 제작 등등의 내용이 적혀 있었다. 대부분의 일을 혼자 결정해서 혼자 진행했지만 가끔씩 판단이 필요한 문제에 있어서는 상임이사인 나의 의견을 묻기도 했다. 이를테면,

"작가님? 호치키스를 구입해야 하는데, 3호가 좋을까요, 5호가 좋을까요?"

그러면 나는 다른 대답을 하여 결정을 유보하곤 했다.

"호치키스는 일본의 문구 회사 상표 이름이니 스테이플러라고 하시든지 소형 거멀못 발사기라고 부르시는 게 좋겠습니다."

도무지 대답할 말을 찾을 수 없는 질문도 있었다.

"작가님?"

"네?"

"이 회사에서 할 수 있는 것은 다른 회사에서도 할 수 있

는 것인데, 복제 불가능한 상품을 만들려면 어떤 점이 선행되어야 한다고 생각하시나요?"

사람은 제대로 겪어보기 전에는 모르는 법이었다. 어느 날 구가 사무실에 여자 한 명을 데리고 왔다. Bi, Ci를 만들어줄 디자이너라고 했다. 받은 명함에는 '〈파랑 클리닉〉 디자이너 & 일러스트레이터 김윤서'라고 적혀 있었다.

"파랑 클리닉이 뭐죠?"

"심리상담 클리닉인데요, 치료기관은 아니고요, 예술 체험과 놀이를 통해서 자연스럽게 심리분석이 이루어지도록 해서 병원에 거부감이 있으신 분들도 부담스럽지 않게 상담에 임할 수 있도록 진입 장벽을 크게 낮춘 교육 프로그램 회사입니다."

곱상하게 생긴 여자가 설명을 야무지게 하는 것이었다.

"그림으로 심리 분석을 해서 원하는 사람에게만 의사나 상담사에게서 상담을 받을 수 있게끔 프로그램을 짜놓은 것인가요?"

"어떻게 딱 듣고 바로 아시네요? 네, 그게 다인 건 아니지만 맞습니다."

성격도 시원시원했다. 시작하는 회사라니까 삼백만 원 한다는 디자인 비를 백칠십만 원으로 깎아주었다. 너무 깎는 것 아니냐고 했더니 예술인을 위한 사업인데 나머지는 기부금조로 생각해달라고 했다. 얼굴이 작고 하얬다. 상대방의 말을 알아들을 때마다 눈동자가 반짝거렸다.

회의는 금방 끝났다. 한글 로고, 영문 로고, 회사 소개서, 명함을 모두 만들어주기로 했다. 여행을 가기로 해서 이 주일 안에 작업을 끝마쳐야 하니 피드백을 빨리 주셔야 한다고 했다. 명 실장님이 물었다.

"어디로 가시는데요? 외국?"

"네, 발리요."

이번에는 구 대표가 물었다.

"남친이랑요?"

"네."

"얼마나 됐는데요?"

"일곱 달이요."

"에이, 일곱 달이면 뭐, 모르는 거네요."

"네?"

구 대표는 디자이너가 돌아가고 명이 잠깐 나간 사이 말했다.

"노 작가님 스타일 맞죠?"

"뭐가요?"

"김윤서 디자이너. 길쭉하고 마른 여자 좋아하잖아요. 맞죠?"

"어, 어떻게 알았어요?"

"내가 평소에 다 또 봤지. 딱 이 여자다 싶어 데려왔는데,

남친이 있다니 안타깝네요. 하지만 뭐, 알고 지내다 나중에 기회 되면….”

나중에 기회가 되면? 예전 같으면 거부감을 느꼈을 말이었다. 지금은 아니었다. 헤어질까 봐 지방대 교수를 마다해도, 헤어지고 나서도 일 년씩이나 의리 지킨답시고 다른 여자를 만나지 않아도, 돌아오는 것은 배신이요 남는 것은 외로움뿐이라는 사실을 충분히 깨달았기 때문이었다. 저쪽 때문에 이쪽을 거절하면 다시는 기회가 오지 않았다. 지조도 믿음도 없다는 소리를 들을까 봐 한곳에 두 발목을 모두 담그면 “네놈이 여기 아니면 어딜 갈래?” 따위의 소리나 듣기 딱 좋았다.

양다리가 뭐야, 문어발로도 충분치 않았다. 머리카락을 발이라고 속여서라도 일단은 모두 걸어두는 게 중요했다. 그중에 어떤 게 진짜 기회가 될지 모르니까. 풀(pool)이 넓어야 기회를 창출할 수 있으니까.

인생은 확률이니까.

장 선생님의 영입으로 자신들이 사실상 사업의 중심에서 배제되었음을 알게 된 현지와 밤비는 구의 조치로 점차 분이 가라앉고 있는 모양이었다. 구가 현지와 밤비를 상대로 소개팅 프로젝트를 시작한 덕분이었다. 사실 그런대로 괜찮은 애가 한 명 있었을 뿐 나머지는 죄다 쭈꾸미들이었지만 구의 페북 친구 콜렉션이 광활하고 화려하여 앞으로 어떤 남자가 걸려 나올지 모른다는 기대 심리가 생기자 현지와 밤비는 거꾸로 구에게 잘하기 시작했다. 나라면 어땠을까. 가장 괜찮은 남자 몇 명을 골라 힘겹게 설득했겠지. 걔들은 보나마나 애프터를 하지 않을 게고, 현지와 밤비는 그런 남자애들이 앞으로는 나오지 않을 것임을 눈치채고 더는 나에게 신경 쓰지 않았겠지.

연애도 확률이니까.

전 여친은 나를 두 번 떠났다. 한 번은 육 개월, 또 한 번은 십 개월. 하필 그 기간마다 내 생일이 포함돼 있는 데다 마지막에는 생일을 이 주 앞두고 헤어져서 나는 그녀와 오 년을 사귀는 동안 생일을 같이 한 날이 하루뿐이었다.

나는, 그녀는 결코 모를 그녀의 몸짓이나 행동을 사랑했는데 어느 날 더 이상 나를 사랑하지 않음을 증명하는 그녀의 무의식을 보고야 말았다. 그런 행동을 볼 때마다 나는 밤새 울어버려서 육 개월 뒤 그녀와 헤어질 때는 한 방울의 눈물도 흘리지 않았다. 헤어지기 두 달 전 마지막으로 싸웠을 때 나는 네가 떠났을 때에도 너와 의리를 지켰다고 말하자 그녀는 쏘아붙였다.

"정말 나 때문에 안 만난 거야? 너를 맘에 들어하는 여자가 없던 거 아니고?"

당장 헤어졌어야 했다. 화를 내기라도 해서 제대로 된 사과를 받아냈어야만 했다. 나를 좋다고 했던 여자들과 더불이건 트리플이건, 바람이라도 실컷 피웠어야 했다. 그랬다면 그렇게 당당하게 떠나지는 못했을 것이다. 적어도 자신이 한 말을 후회라도 하면서 떠났을 거였다.

하지만 그때는 그녀가 나에게 한 말이나 짓보다, 그녀가 의도하지 않았을 몸짓들에 대해 생각하느라 여력이 없었다. 그녀의 무의식에 비하면, 그런 것들쯤은 아무 상관없다고 생각했다.

삼 년이나 지나서야 알게 되었다. 말이나 행동은 제때 사과 받으면 잊을 수 있지만, 순간적인 표정이나 몸짓 같은 것은 어차피 평생 잊지 못한다는 것을. 사랑하는 사람의 잠버릇이 보고 싶어서 잠들지 못하던 사내가 혼자가 되어서도 잠들지 못하는 것처럼. 언제 찾아와도 이상하지 않은 불면증 같은 기억들.

앞으로는 다르게 사는 거다.

김윤서 씨는 남친이 있지만, 이 사업을 하는 동안 수많은 여성들이 이곳을 거쳐갈 테고, 그렇다면 좋은 여자를 만날 기회가 많아지는 것일 테지.

운명 같은 게 어딨어. 다 우연의 집적이지. 한 사람만 바라보며 훌륭한 사랑을 하겠다고 덤비는 건, 전 재산을 들고 큰돈을 벌겠다고 설치는 개미투자자와 다를 게 없었다. 반만 사랑한 사람은 반만 잃지만, 완전히 사랑한 사람은 모두 다 잃는 거지.

그리고 아바(ABBA)의 노래처럼,

Winner takes it all.

[7]

지적질
배우기

사업을 시작할 예정이라니까 친구가 말했다.

"뭘 만들 건데?"

"강연 강좌 콘텐츠."

나는 친구가 어떤 강연 강좌 콘텐츠냐고 물을 줄 알았다.

"어디다 팔 건데?"

"모객을 해야지."

"마케팅 수단이 뭔데?"

친구는 내 얘기는 제대로 들어보지도 않고 리스크 나열하기에 바빴다. 다른 친구에게 말해보았다.

"네트워크 있어?"

"삼촌이 사업을 크게 했었잖아."

"삼촌이랑 같이 하는 사업이라고?"

"응."

가족끼리는 사업하는 게 아니라거나, 반대로 삼촌이니까 사기는 안 당하겠다는 답이 돌아올 줄 알았다.

"삼촌은 왜 너랑 사업한대?"

"응?"

"그렇잖아. 크게 사업했던 사람이 왜 너랑 하냐고."

나에게 가장 호의적인, 보컬리스트 친구에게 말해보았다.

"임원이 네 명이라고?"

"응."

"내가 해봐서 아는데, 그런 조직은 오래가지 못해."

"네가 뭘 해봤는데?"

"공연을 많이 해봤잖아? 보컬이 네 명 있는 공연이 왜 없는지 아니?"

아이디어를 칭찬하거나, 재미있겠다고 말하는 건 다 애들이었다. 이십 대 초중반의 젊은 친구들. 그 외에는 모두들, 하나같이, 문제점만 지적했다. '하나같이'라고 했지만 지적질에는 분명 위아래가 있었다. 지나가는 개도 할 법한 지적이 있는가 하면 듣는 이의 감탄을 자아내는 기발한 지적도 있었다.

그렇게 머리가 좋으면 새로운 아이디어나 대안을 좀 내놓을 것이지. 그쪽을 담당하는 뇌세포는 아예 존재하지 않는 것 같았다. 너나 나나 잔소리하고 트집 잡고 충고하는 걸 남보다 잘하려고 노력하는 사회, 그게 대한민국이었다.

친구들 말대로라면 나는 충성스러운 투자자와 확실한 고객은 물론 이미 검증된 콘텐츠가 다수 확보된 상태에서만 겨우 창업을 생각해볼 수 있었다. 대체 얼마나 오랫동안 회사를 때려치고 창업하기를 꿈꾸며, 이 리스크 저 리스크들을 검토하고, 또 검토해 오기만 한 거니.

하지만 처음으로 열린 임원회의에서 나는 친구들을 따라하고 있었다. 삼촌과 장 선생님이 제안한 프로젝트는 외교관 만찬회와 CEO 조찬회였다. 외교관 만찬회는 대사관과 기업의 자연스러운 교류 도모가 목적으로, 그 나라의 전통 음식으로 만찬을 제공하고, 대사가 직접 CEO들을 상대로 자국의 문화 및 역사를 알리는 것이 프로그램의 내용이었다. 쉽게 말하면 사리를 입고 카레를 먹으며 인도의 잘 알려지지 않은 역사나 최근 IT사업의 동향을 들으면 CEO들이 좋아할 거다. CEO들은 한 번 모임에 오십만 원 가량을 지출하므로 열 명만 모집한다 해도, 한 달에 한 번씩 일 년 동안 열두 나라를 서비스하면 모임 하나당 이천만 원의 순수익이 발생할 것으로 예상된다는 장 선생님의 설명이었다.

"CEO들은 어떻게 끌어들이실 건데요?"

장 선생님이 삼촌을 쳐다보았다.

"CEO들한테는 이미 지들끼리 사모임이 있어요. 어차피 모이는 거 대사관 테마 강연을 콘셉으로 제시하면 좋다고 할 사모임 많을 겁니다. 일단 하나부터 시작해서 몇 개의 사모임으로 늘어나면 우리에게 다른 모임에 소개해줄 네트워크 풀이 생겨나는 거고요.

"그럼 대사관은 어떻게 끌어들이실 거죠?"

삼촌이 장 선생님을 쳐다보았다.

"제가 아프리카 쪽 대사들과 친분이 있습니다. 대사관으로 초대받은 것도 몇 번 되고요. 일단은 친분이 있는 쪽으로 시작해서 성사시키면 다른 대사관을 공략하기에도 유리해질 겁니다."

나는 고개를 끄덕이지 않았는데, 무색함을 이기기 위해서는 기존의 태도를 유지하는 게 최선이었기 때문이다.

"CEO 조찬회는 어느 분이 설명해주실 건가요?"

구가 물었다. CEO 조찬회는 이미 형성돼 있는 조찬 모임에 강연을 제공하자는 계획이라고 삼촌이 설명했다. 세계적인 CEO들의 경영전략에 대한 강연으로, 종이책 및 이북으로의 2차 콘텐츠 확산 효과가 있고, 구체적인 목차는 장 선생님이 나열해주셨는데 록펠러, 스티브 잡스, 아이카와 요시스케, 워런 버핏….

모두가 고개를 끄덕였다. 나만 빼고.

록펠러는 잘 알려지다시피 미국의 석유왕이었다. 악덕 재벌의 원형을 만든 인물이지만 기부금 천사로 칭송받기도 하는 논쟁적 인물이니 넘어간다 쳐도 장 선생님, 아이카와 요시스케라니.

장 선생님은 지금까지 공부해온 비판적 사회학을 뒤집어 입기로 결심한 사람 같았다. 누가 그랬던가, 테러리스트는 특수 부대한테 배우고, 그 역도 마찬가지라고. 심하게 말하면 장 선생은 완전 범죄를 저지르기로 마음먹은 과학수사 담당자 같았다. 짜증 나게 사소한 것까지도 나와 의견이 달랐다.

장 선생은 김윤서 씨의 시안을 결사반대했다. 진부한 데다 격조가 없다나? 한술 더 떠 직접 쓴 붓글씨를 단체 메시지로 띄우기까지 했다. 품위 있다 못해 지루하고, 독창적이다 못해 이상한 붓글씨였는데, 삼촌이 "학자의 붓글씨는 수준이 다르다"고 답신을 다는 바람에 수습은 더 난감해졌다.

"나는 윤서 씨 디자인 괜찮은데 왜들 그러지?"

"그러게 말야? 세련되고, 현대적이고 좋기만 하구만."

"그래도 어른들 의견이니 어쩔 수 없지. 어른들이 아니라 으른들인 건가."

하면서 구는 픽, 웃었다. 그새 우리는 꽤 친해진 듯싶었다.

"그래도 그렇지, 정말 이 붓글씨를 쓰겠단 말야?"

"에이, 로고를 붓글씨로 할 수는 없지."

그렇지, 당신의 글씨가 아니라 붓글씨가 안 된다고 말하면 그만인 거지. 단순한 건데 난 왜 구처럼 할 수 없는 건지 모를 일이었다. 역시, 사람은 섣불리 판단하는 게 아니었다.

우리는 디자인을 재요청했으나 여행 때문에 시일 내로 새 디자인을 보내기는 어렵겠다는 답을 받았다. 나의 이상형인 김윤서 씨가 일을 열심히 해놓고도 돈을 못 받게 된 것이었다.

"디자인이 있어야 명함을 파고, 명함이 있어야 뭐라도 해 먹지."

"제가 아는 동생이 있는데 한번 부탁해볼까요? 부업으로 하는 거라서 가격도 쌀 것 같은데요."

명 실장님이 데려온 남자는 어딘가 모르게 아줌마 같은 데가 있었다. 안경잡이에 곱슬머리여서 더 마음에 안 들었다. 어딜 봐서 나랑 비슷한 데가 있다는 거냐, 키는 십 센티미터쯤 작고 몸무게는 십 킬로그램쯤 무겁겠구만. 참말이지 구처럼 마음에 들었다 안 들었다 하기도 힘들었다.

내 보기에 김영락 씨는 김윤서 씨한테 한참 미달이었다. 미팅을 능숙하게, 효율적으로 진행했을 뿐이었다. '으른들'은 그게 맘에 든 모양이었다. 확 찬물을 끼얹으려는데 삼촌이 디자인 가격을 물었다.

"오십만 원만 주십시오."

"너무 싼 거 아닙니까?"

"저는 전문 디자이너가 아니어서 디자인으로 번 돈은 굶주리는 제3세계 아이들을 위해 기부함다. 기부를 더 하고 싫으시면 더 주셔도 됨돠."

나는 할 말이 없었다. 할 말이 없어서 그의 함경도 억양이
싫어지기 시작했다.

"그럼 전문으로 하시는 일은 뭡니까?"

"전문이랄 건 없고 최근에는 모바일 게임 회사 마케팅 담
당이사로 있었슴돠."

"그 전에는?"

"가장 오래 있기로는 자산관리 회사에 오래 있었고요, 거
기서 나와서는 재정이 나빠진 회사들을 상대로 프리랜서
로 일했슴돠. 모 대학에서는 구조조정팀 총괄팀장으로 일
했고요…."

열 개도 넘는 직업이 줄줄 흘러나왔다. 일한 회사와 맡은
직책과 주요 업무에 관한 것이어서 딱히 직업으로 명명하
기는 애매했다. 이를테면 도산공원 앞에 있던 유명한 미용
실에서 비주얼 이미지 담당을 맡았을 때 이런 것은 성공했
고 저런 것은 안 되어서 원인을 분석해보니 이런저런 결론
을 얻을 수 있었다. 그럼 비주얼 이미지스트라는 직업이 있
는 거냐 하면 그런 건 아니고, 그렇다면 전문화된 마케터의
일종이냐 물으면 당연히 마케팅도 포함되지만 마케팅보다
훨씬 포괄적인 개념이라는 대답이 돌아왔다.

오기가 발동한 건 나뿐이 아니었다. 삼촌은 오랜만에 쓸
만한 포수를 만났다는 듯 마구 던지기 시작했는데 이런 식

으로 묻혀 있던 집안 내력이 발굴되는 건 유쾌하지 않은 일이었다.

"2, 3층에 에스테틱을 여는 건 어떻습니까. 이십사 시간으로?"

"에스테틱은 미용실이랑 달라서 사람을 부리는 게 어려울 것 같지만 그렇지 않고요, 손님이 리스크입니다. 무조건 손님 관리만 잘하면 됨돠. 왜냐하면 무조건 시비를 걸고 화를 내려고 오는 손님들이 많기 때문임돠. 초기에 할인권을 풀거나 프로모션을 많이 해서 몇 번 방문이 누적된 손님들만 회원권을 주시는 방식으로⋯."

"어떻게 그렇게 잘 아시오?"

"에스테틱 창업에도 관리자를 한 적이 있기 때문임돠."

삼촌은 쌀보리 게임을 하고 있었다. 방금 건 보리. 다음 건 내가 지난번에 기획서를 보았으니 쌀.

"이태리 도시락 가게를 여는 건 어떨 것 같소?"

"단가가 걸립니다. 직장인이 점심값으로 만 원 이상은⋯. 만 원 이하로 간다면 이 건물 1층에서 하기는 어려울 것 같슴돠. 2층은 도시락집 하기에는 진입 장벽이 높고요."

"1, 2층 같이 가야지. 1층은 이태리 야시장, 2층은 도시락. 주방을 위에 만들어서 음식을 아래로 내리면 면적당 단가가 빠질 것 같은데?"

"좋은 생각이시지만 제 생각에 2층은 소수의 예약 손님만 받는 식으로 운영하고 도시락은 1층에 작은 코너를 두는 것이 더 나은 형태일 것 같슴돠."

"오히려 2층을 고급화하자는 거군?"

"그렇슴돠."

나는 삼촌의 눈빛이 반짝, 하는 것을 보았다.

"내가 생각이 잘 안 나서 그런데 그런 직업을 뭐라고 합니까? 전문경영인도 아니고. 뭐라고 하는 것 같던데."

"굳이 이름 붙이자면 리스크 관리자라고 할 수 있슴돠."

"리스크 관리자! 그렇군!"

김영락 씨는 하드 디스크 속에 삼백 개 가량의 리스크 관리 실적을 갖고 있다고 했다. 삼십 개도 아니고 삼백 개.

"리스크 관리가 안 된 적? 쉽게 말해서 망한 적 없어요?"

"두 건 있었슴돠."

"아까 그 미용실이랑?"

"그 미용실은 제가 리스크 관리를 끝낸 후에 망했슴돠. 벌 만큼 벌고 문을 닫았기 때문에 망했다고 볼 수는 없슴돠. 한번은 대기업에서 임프린트로 만든 회사였는데 독립하는 와중에 자금이 없어 무너졌슴돠. 독립은 저와 계약할 시에는 계획에 없었던 변수였고요. 또 한 번은 사장이 작정하고 돈을 들고 나른 경우였슴돠."

굴러 들어온 레알 능력자를 본 반응들이 볼 만했다. 심지어 영락 씨를 데려온 명 실장마저도 너는 누구니 하는 표정이었다. 삼촌은 "술 한잔 마시러 갑시다, 모두 다 같이 가서 한잔 합시다"라고 했으나 영락 씨는 거절했다.

"죄송함돠. 저는 술은 마시지 않슴돠."

"체질 때문입니까?"

"아님돠. 예전에는 많이 마셨슴돠."

"그럼 종교적인 이유 때문입니까?"

"특별한 종교는 없슴돠. 술은 끼니보다 곡물을 많이 소비하기 때문에 맥주를 한 잔 마실 때마다 설치류가 한 마리씩 죽는다는 결론이 나오기 때문임돠."

이번에는 장 선생님의 눈빛이 반짝, 빛나는 것을 나는 보았다.

8

우연의
줄잇기

나는 B2B 하기 싫었다.

'CEO'라는 단어를 듣자마자 머리에 떠오른 것은 사람들의 즐거워하는 모습이었다. 배를 잡고 웃는 여자애들의 모습. 감동으로 눈물이 어른어른한 아줌마. 작은 공작 따위에 자신의 전 인생을 걸기로 결심한 예닐곱 살짜리 어린아이. 그래, 이런 게 사람 사는 재미였지 하고 숨 돌리는 아저씨. 언제 어디였는지도 모르게 내 머릿속에 남아 있는 표정들.

CEO나 대사들이 그런 표정을 지을 수 있을까?

자신이 없지는 않았다. 기상천외한 논리로 그들의 혼을 빼놓을 자신이 있었다. 프로펠러 전투기의 발전사를 통해 한국 자본주의의 개혁 방법을 논한다든가, 최근 뇌 과학의

연구 결과를 토대로 4차 산업혁명 시대의 회사 조직을 제안한다든가…. 얼마든지 그들의 감탄을 자아낼 수 있었다.

다만 감탄이 아니라 감동의 세상에서 살아가고 싶었다.

현지, 밤비와의 의리도 지키고 싶었다. B2B를 하게 되면 두 사람은 할 일이 없다. CEO 조찬회에서 '덕'스러운 유화를 팔고, 대사관 만찬에서 홍대 인디 음악을 연주하게 되지는 않을 테니까.

와중에 삼촌은 김영락 씨를 문발과 수작의 리스크 관리자로 채용했다. 혼자 결정해 놓고 인건비는 수작과 문발이 반반씩 부담한다고 선언했다. 말이 끝나자마자 벌떡 일어서서 화장실에 가버렸는데 삼촌의 오랜 버릇이었다.

수작은 건물 1층에서 열리는 프리마켓으로, 구가 동업자였다. 카페 옆 통로에 스무 개 정도의 좌판이 깔렸다. 처음에는 저게 무슨 동업까지 할 사업인가 싶었으나, 주말 하루에 천만 원 매출이 발생한 적도 있었다. 수수료가 30퍼센트이니 순수익 삼백만 원이었다. 한 달에 대략 천만 원 정도의 순수익이 발생한다고 했다. 아무 노동도 하지 않고, 천만 원이라니.

삼촌은 수작을 확대할 생각이었다. 인근에 5-6개를 오픈하여, 장차 홍대를 넘어 한국의 대표적인 프리마켓 브랜드로 성장시킨다는 계획이었다.

"수작이랑 문발이랑 뭔 상관이에요."

"둘 다 내가 하는 사업이니까. 김영락 씨는 나의 리스크 관리자고."

"삼촌 관리자니까 삼촌이 돈 줘요."

"나의 리스크는 바로 넌데?"

당최, 뭔 말을, 하는 건지.

"김영락 씨가 문화 예술에 대해 뭘 알아요?"

"네가 잘 알잖아?"

"언젠 제가 리스크라면서요."

"넌 사업을 모르니까?"

"사업은 삼촌이 아니까 됐잖아요."

"뭐가 돼. 나는 사업을 모르는 너만 알고, 너는 문화를 모르는 나만 아는데."

"그게 말이에요?"

"사업을 모르는 게 너의 리스크고, 인문학을 모르는 게 나의 리스크란 뜻이다. 너와 나의 간극을 채워서 시너지를 일으켜줄 객관적인 시각이 필요하다."

삼촌과 말로 싸워 이길 방법은 없었다. 물론 똥으로 싸워도 마찬가지였다. 다른 각도에서 허점을 파고드는 수밖에 없었다. 나는 B2B와 영락 씨를 동시에 추락시키기 위한 만반의 준비를 했다.

"대사관에서는 수익 사업을 할 수 없답니다."

"그렇지. 다 우리 수익이야. 대사관에는 돈 안 줘."

"그게 아니라 대사관이 하는 행사를 유료로 운영할 수 없답니다."

"뭐야? 정말?"

"유일한 방법은 정부 지원금을 받는 것뿐인데 CEO 같은 특정 집단을 상정했다가는 통과되지도 않겠지만 제안서는 누가 쓰실 겁니까? 정부에 제안서 넣는 건 기본이 오십 장입니다. 경쟁률은 몇백 대 일이고요."

선뜻 본인이 하겠다고 나서는 사람이 없었다.

"CEO 조찬회 원고는 제가 만들겠습니다. 그 전에 CEO들 성향을 먼저 알아야 할 것 같은데, 어떤 분들인지 신원 좀 알려주시지요?

삼촌은 기대 이상의 답변을 했다.

"특별히 아는 사람들은 없는데?"

"뭐예요? 언제는 모임 많다면서요."

"많댔지 내가 안다고 했나? 그건 회사에서 영업을 해야지."

"그러니까 회사에서 누가 영업을 할 거냐고요?"

명 실장이 한숨을 쉬었다. 나는 삼촌에게 실망한 척했으나 속으로는 다행이라고 생각했다. 회의는 내 계획대로 흘러가고 있었다. 계획과 다른 것은 김영락 실장의 지원사격이었다.

"프리랜서 영업 사원을 고용해서 무대포 영업을 할 수도 있슴돠. 시간은 걸리겠지만 안 될 건 없슴다. 하지만 그렇다 해도 두 개의 프로그램으로는 무리임다. B2B를 제안하려면 최소 이십 개 아이템은 있어야 할 겁다."

삼촌의 얼굴이 구겨졌다. 여러 개의 프로그램이 있어야 한다는 것은 B2C가 먼저 가야 한다는 의미였다. 나는 임원들이 B2B를 포기하게 만들 거였다. 그리고, 수십 개의 B2C를 제안하여 회사의 헤게모니를 쥘 거였다.

"그럼 어떻게 하면 좋겠소. 노 이사 말은 알겠으니, 구 대표나 김 실장님이 의견을 좀 말해주시죠."

구 대표는 입을 다물고 있었다. 김영락 실장은 조심스럽게 말을 꺼냈다.

"강연, 강좌가 꼭 인문학적인 것이어야 하나요?"

"그렇지는 않을 겁니다. 장 선생님? 구 대표? 노 이사? 아니죠?"

세 명 모두 아니라고 대답했다.

"일단 우리가 가진 인프라를 생각해야 함다. 제가 생각했을 때 우리가 가진 가장 확실한 인프라는 수작임다."

응? 이건 아닌데?

"계속 말해보시오."

"현실적으로 스무 개의 인문학 콘텐츠를 갑자기 만들어내는 것은 쉽지 않슴다. 하지만 어차피 문화 예술을 아우르는 것으로 회사 방침을 정하셨으니 수작에서 프로그램을 개발해보는 것도 좋을 것 같슴다."

구 대표의 얼굴이 밝아졌다.

"수작에도 작가들이 많이 있지 않습까. 예술의 대중화를 선언하신 만큼 순수 예술만 고집하실 게 아니라 처음에는 실용적인 예술부터 시작하는 것도 방법이라고 봅니다."

"이를테면?"

"많죠. 수공예품 만들기는 말할 것도 없고, 가죽 공예, 도자기 공예 뭐 엄청 많지 않습꽈? 요즘 원데이 클라스도 많고요."

마냥 좋아할 줄 알았던 구가 반론했다.

"하지만 이미 주변에서 많이 하고 있는 것들이잖아요. 엄청 싸게 하는 데도 잘 안 되던데."

"흩어져 있어서 그렇지 모아놓으면 다름돠. 물건이 훨씬 더 싼데도 마트는 안 망하지 않습까. 콘텐츠에도 규모의 경제는 분명 있을 겁다. 대부분 영세업자라 시도할 수가 없어서 그렇죠. 더구나 건물주이시지 않습까."

'건물주'라는 말에, 삼촌의 눈동자 속에서는,

"수작에 셀러로 오는 작가분들에게 로테이션으로 강좌를 맡기면 어떻습까. 물건을 홍보하는 효과도 있고요"

초신성 하나가 폭발해버린 것 같았다.

"강사료를 적게 줘도 불만이 없을 거야."

"거꾸로 물건이 안 팔리는 셀러에게 기본 소득을 보장해주는 효과도 기대할 수 있습다."

"수업 과정을 사진이나 동영상으로 찍어서 광고 콘텐츠를 만들 수도 있을 거야."

"바로 그겁죠. 그게 요즘 말하는 O2O* 공식에 딱 맞는 겁니다."

우아한 형제들 얘기가 나왔다. 전국 방방곡곡을 돌아다니며 음식점 정보를 수집할 때 사람들은 비웃었다고 했다. 에어비앤비의 창업이 얼마나 사소한 계기에 의한 것이었는지도. 영락 씨는 외에도 몇 가지 이야기를 더 했지만 삼촌은 듣는 것 같지 않았다. 삼촌은 눈빛을 빛내며 앉아 있다가 갑자기 테이블을 주먹으로 쾅, 한 번 내리쳤다.

"그러니까 문발과 수작을 같이 할 수 있단 말이지?"

"네 그렇습죠. 충분히 가능함다."

"드디어 건물을 어디다 써야 할지 알았다."

삼촌은 곧바로 비서에게 전화해 이태리 도시락을 백지화하라고 지시한 다음 말했다.

"수작을 건물 안으로 들입시다. 가능하면 2층, 3층도 수공예품으로 채웁시다. 한국 최초 실내 프리마켓, 수공예품 종합 쇼핑몰을 만드는 겁니다."

"다른 공간 임대해서 수작 확장하기로 한 건 하지 말고요?"

"하지 맙시다. 여러 가지로 번거롭잖아."

---

* On-line to Off-line 혹은 Off-line to On-line. 실물 콘텐츠와 디지털콘텐츠가 서로 순환하며 이윤을 극대화하는 모델

구는 무슨 말을 더 하려고 했으나 삼촌이 테이블을 내려친 게 반 템포쯤 빨랐다.

"이렇게 합시다. 1, 2층은 수작, 3, 4층은 문화발전소가 쓰는 겁니다. 수작을 먼저 열고 그 이윤을 바탕으로 문화발전소 프로그램을…."

다음날 삼촌은 1층 카페의 폐업 예고를 했다. 5층을 수작 및 문화발전소 사무실 및 임시 강의실로 내놓았다. 명 실장에게는 홈페이지 제작을, 구 대표에게는 셀러 모집을 맡겼다. 인테리어 하는 동창을 끌어왔다. 경력직 MD[**]를 구한다는 구인공고를 냈다. 장 선생과 나에게 전화를 걸어, 이태원, 가로수길, 압구정 등을 같이 돌아다니자고 했다. 프리마켓 및 수공예품 매장을 조사하자는 거였다.

아니, 대체 내가 왜? 수작은 삼촌과 구의 것이잖아?

하지만 수작의 이윤을 바탕으로 문화발전소 프로그램을 추진하자고 하지 않았는가. 수작이 잘돼야 문화발전소도 잘 된다는 얘기였다. 수작이 잘 안되면? 삼촌은 흥미를 잃고 문화발전소까지 내팽개칠 거였다. 건물을 공짜로 내놓는 일은 다시 없을 거였다.

[**] Mechandising Director

사업이 되기 시작하면, 아낌없이 자금을 공급할 사람은 삼촌이었다. 성격상 쏟아부을 공산이 큰데 그럼 고작 이백오십을 꽂은 나의 지분은 어떻게 되나? 삼촌이 이억 오천만 던져도 1퍼센트로 떨어지는 거였다. 수익을 죄다 재투자한다 해도 거북이가 슈퍼카 따라가는 꼴일 텐데 그럴 때구가 돈을 융통해 몇 억쯤 꽂아버리면….

순식간에 개미는커녕, 개미가 단물을 빨기 위해 사육하는 진딧물 따위가 되는 거였다.

건물도 얻어내고, B2C로 방향을 틀기까지 했으나, 나는 내 뜻을 관철시키기는커녕 김영락 실장의 굴비 두름이 된 기분이었다. 상대방의 힘을 이용하는 유도 기술에 달리던 방향으로 내던져진 꼴이랄까.

9

재미있는 일이라면
뭐든지

카페가 철수했다. 수작의 인테리어가 시작되었다.

장 선생님과 나는 열성적으로? 아니 경쟁적으로 수작 회의에 참석했다.

오후에는 김 실장이 내준 숙제를 했다. 재미있는 일을 백 개 이상씩 써오라는 거였다. 가능성 따위 던져두고 맘껏 자유롭게 상상해보세요. 말이 안 될수록 더 좋습니다. 삼촌은 고작 스무 개를 써와서 생색을 냈지만 건질 만한 건 하나뿐이었다.

버블 파티.

건물 뒤편에 야외 공간이 있는데 그곳에서 한밤의 물 풍선 파티를 열자는 거였다. 수레 음식도 팔고, 테이크아웃 칵테일도 팔고, 공연도 하자는 거였다. 주말마다 열면 수익도 되고 재미도 있을 것 같았다.

장 선생님은 〈통섭강연〉이라는 제목으로,

[주역과 함께 사주관상 배우기]

[동양철학과 함께 수지침 배우기]

[동양철학과 함께 손금보기 배우기]

등등을 써 가지고 오셨다. 참으로 자유로운 생각이 아닐 수 없었다.

구 대표는 오십 개쯤 써왔는데 괜찮은 게 꽤 있었다. 커플이 배우는 바차타, 아저씨들을 위한 요가, 여성을 위한 연애 심리상담….

원데이 클래스 아이템도 깔끔했다. 혼자서 머리 묶기 열두 가지, 애완동물과 커플 목걸이 만들기, 도넛 포장 상자로 예쁜 조명 만들기.

앞으로의 발전 가능성이 기대되는 아이템도 있었다. 외국인을 위한 한나절 홍대 투어라든가, 내국인을 위한 홍대 인디 문화 체험 같은, 장차 여행사로 발전할 수 있는.

하지만 아무리 좋다 한들 나의 아이템들과 비교할 수는 없었다.

[여러 번 망한 사람에게 듣는 창업해서 안 망하는 법 8강]

[홍대 작업가에게 듣는 백수가 퀸카를 사귀는 이유 3강]

경쟁에서 이긴 사람이 경쟁에서 벗어나자고 말하는 이율배반에서 좀 벗어나자는 취지에서.

[배운 듯 안 배운 듯 춤추기 댄스 교실]

[노래방에서 세 곡만 잘 부르자 노래 교실, 걸 그룹 한 곡 완성하기(안무에서부터 동영상 촬영까지)]

예술은 이기려고 배우는 게 아니라 즐기려고 배우는 거 잖아?

이외에도 나는 다음과 같은 강의를 설계했다.

[50분 잼 만들기 – 짓이기고 싶은 사람 있으세요? 실컷 짓이기고 달콤한 잼 받아 가세요(잼을 끓이는 동안에는 강사에게 사투리로 욕하는 법을 배웁니다)]

[건물 옥상에서 헤드뱅잉하기 – 시끄럽지 않겠냐고요? 저희에겐 무선 헤드폰이 있습니다(소리 없이 춤추는 영상, 원하시면 찍어드립니다).]

재미있는 일이라면 뭐든지 만들어 낼 자신이 있었다.

"수십 개를 한꺼번에 걸 겁니다. 모객이 되지 않는 강좌가 많을 겁니다. 그럼 이 주 뒤에 폐강된 만큼 다시 걸 겁니다. 예를 들어 삼십 개를 걸었는데 그중 열 개만 강좌가 열렸다면, 폐강되는 날짜를 기준으로 삼십 개를 다시 열 겁니다. 그럼 모두 사십 개 강좌가 되겠죠. 마케팅을 계속하면 모객에 성공하는 강좌는 점차 늘어날 테고…."

김 실장의 전략은 나와 어긋났다. 나는 인기 강좌를 몇 개 터뜨린 다음 천천히 늘려나갈 생각이었는데, 영락 씨는 폐강이 되든 말든 물량 공세로 밀어붙이자는 거였다.

구와 눈이 몇 번 마주쳤다. 홍대에서 그게 과연 될까?

홍대는 돈으로 치고 들어올 수 있는 데가 아니었다. 아티스트들이 자본에 저항해서라기보다는, 자본이 먹을 게 없기 때문이었다. 정당한 대가를 지불했다가는 반드시 적자가 나기 때문이었다.

개인이 하는 클럽이라 치자. 인디에서 이름 있는 뮤지션 불러다 놔도 관객 스무 명 넘기 힘들다. 음료수 하나 제공하고 이만 원 받으면 절반이 뮤지션 페이로 나간다. 한 번 공연에 이십만 원, 4인조 밴드면 명당 오만 원 받는 거다. 매일 공연해도 — 그런 일은 절대 생기지 않겠지만 — 달에 백오십 번다는 소리다. 그런데 스무 명이면 많이 오는 거다. 아무도 안 온 공연보다 더 난감한 건 단 한 명의 관객이 왔을 때지.

사장은 미안하니까 술을 사지. 뮤지션들은 술값만큼 페이 받았다 치고 넘어가는 수밖에. 사장은 원가로 공급하는 거니까 큰 손해 안 보고. 어쨌거나 따지고 보면 적자다. 돈이 안 된다.

십 년 전만 해도 아름아름 작은 장사는 할 만했다. 아니, 유지 가능했다. 왜냐면 홍대 와서 돈 쓰는 걸 아깝지 않게 생각하는 이삼십 대가 많았으니까. 지금은? 관심 없다. 팬덤은 형편없이 줄었고, 임대료는 껑충 뛰었다.

하려면 까치 다방처럼 해야 했다. 한때 헌승이 동업을 했던.

까치 다방에서는 매년 컴필레이션(compilation)을 연다. 까치 다방이 애정하는 홍대 뮤지션을 초청하여 대형 공연을 열고 공동 음반도 낸다. 작년에는 천만 원 적자를 보았고, 금년에는 더 늘어날 것 같다. 그런데 왜 하냐고?

살기 위해서 하는 거다.

겉보기로는 망할 것 같지 않은 가게다. 지하에 무대가 있고, 1층에 바가 있다. 공연을 좋아하는 사람도, 공연을 싫어하는 사람도 부담 없이 찾는다. 카페를 경영하는 형제가 건물주지만 수익은 임대를 하느니만 못하다. 까치는 오랫동안 적자 아니면 본전치기였다. 지금도 수익이 나고 있다고는 할 수 없다. 그런데 왜 하냐고?

까치가 유명해지면서 주변 거리가 살았고, 덕분에 건물 가격이 몇 배로 뛰었으니까. 까치 형제는 그 거리에 건물 하나를 더 갖고 있었다.

단언컨대, 홍대에서 수익을 내려면 시너지가 있어야 했다. 장사 자체로는 합당한 이윤이 날 수 없는 구조였다.

나는 삼촌에게 뒤로 숨을 것을 제안했다. 아티스트들은

공짜에 익숙했다. 실컷 얻어먹고, 고마워하지도 않는 족속들이었다. 건물주가 사업주라 하면, 너도 나도 벗겨먹을 궁리만 할걸? 하지만 동시에 아티스트만큼 의리 있는 족속도 없었다. 이윤과 상관없이 두레의 정신 실천하기는 아티스트가 최고였다. 명분이 있고 재미가 있다면! 더군다나 자신들과 다를 바 없는 처지의 아티스트가 총대를 멨다면?

나는 가진 돈도 없으면서 용감하게 건물 한 채를 통 임대한 미친놈으로 자처했다. 일부러 아티스트들을 건물 5층으로 불러 규모를 과시한 다음 똑같은 얘기를 반복하고, 반복하고, 또 반복했다.

이 건물에서 일주일에 수십 개씩 프로그램을 돌리면 이윤이 날 것 같습니까? 천만에요, 선생님들 페이 주고 직원들 월급 주고 임대료에 운영비 내고 나면 한 푼도 안 남습니다. 그런데 왜 이 짓을 하냐고요? 혹시 자선 사업가냐고요? 천만에요. 그럴 리가요. 우리는 지금 커다란 간판 하나를 세우고 있는 중입니다. 다름 아닌 예술가들을 위한 간판입니다. 예술가들이 잘사는 세상이 되어야 앞으로 우리의 사업이 쭉쭉 뻗어나갈 수 있기 때문입니다. 우리는 이 건물을 토대로 채널을 만들려고 합니다. 자본에 소속되지 않고, 대중을 현혹하지 않는, 장사꾼이 아닌, 생산자가 정당한 대가를 받을 수 있는 새로운 개념의 예술 채널 말입니다!

내가 만난 삼십여 명의 아티스트 중 단 한 명을 제외한 모두가 내 사업 제안에 동의했다. 돈이 모이면 싸움이 나지만 사람이 모이면 돈이 된다더니, 그게 문화발전소 얘기인 모양이었다.

10

예상과는
다른 일들

수작의 컨셉은 실내 프리마켓으로 정해졌다. 한국 최초의 실내 프리마켓.

프리마켓인 만큼 모든 것은 이동 가능해야 했다. 삼촌은 휴대 가능한 매대 백 개를 주문했다. 구는 매대에 씌울 자주색 보를 이백 개 맞췄다. 공간의 유연한 활용은 문화발전소에도 유익해 보였다. 구가 잽싸게 선점을 했다.

"낮에 댄스 강습을 할 수도 있겠어요."

"물론임다, 뭐든 가능함다."

강연 강좌는 보통 저녁 일곱 시 이후에 진행되므로 낮 시간에는 사무실로 사용함은 물론 문화 살롱, 주부들을 위한 요리 교실, 직장인들의 수면실 등으로 얼마든지 용도를 바꿀 수 있다. 이동식 격벽을 설치하면 갤러리나 전시회 대관도 가능하고 교실의 크기도 마음대로 조절할 수 있다. 초대형 강좌를 유치할 수도 있고, 3-5인의 소형 강습 십수 개를 동시에 진행할 수도 있다.

한껏 고무된 삼촌은 사업 설명회를 제안했다.

"작가들, 셀러들 다 연락해서, 앞으로 수작이 그들을 위해 뭘 할 건지 투명하게 설명하는 자리를 만듭시다."

김 실장은 일을 척척 진행해 나갔다. 마치 임무를 부여받은 로봇 같았다. 구는 어느새 김 실장을 '우리의 영락 씨'라고 부르고 있었다.

"내가 어제 날이 너무 더워서 힘들다고 했더니 우리의 영락 씨가 뭐라고 답했는지 알아?"

"그렇습다?"

"아니, '저는 덥지도 춥지도 않습다' 하는 거야. 그래서 '한 번도요?' 하고 되물었더니 글쎄, '아니요, 수작과 문화발전소가 궤도에 오를 때까지 저는 더울 수도 추울 수도 없습다' 하는 거 있지."

구는 배꼽을 잡았지만 나는 따라 웃을 수 없었다. 나에게 사람 보는 눈이 정말 없나, 하는 생각밖에 들지 않았다.

김 실장은 이틀 만에 사업 설명회 준비를 끝냈다. 수수료 퍼센트를 기존의 30에서 35로 올리되, 쾌적한 실내 공간과 각종 마케팅 및 작가 에이전시를 제공한다는 내용이 골자였다.

"5퍼센트로 될까? 너무 적게 올리는 것 같은데?"

삼촌이 걱정스럽게 물었다. 이 대목에서 김 실장은 내 가슴을 움직이는 발언을 했다.

"우리나라 문제가 부자 탈세 아닙니까. 수입이 높을수록 수수료를 높이면 됨다. 매출 팔백이 넘는 팀은 40퍼센트까지 올릴 생각임다."

현재 수작에는 한 달 매출 천만 원을 넘기는 매대가 두 개 있었다. 하나는 향수, 또 하나는 가죽 가방.

"그래도 안 될 것 같은데? 어쩌지?"

"길거리에서 파는 것보다 비싸게 팔 검다. 사실 거리에서는 너무 싸게 팔잖습까. 회사라면 생산자들이 정당한 대가를 받을 수 있게 해야 함다."

"마케팅이랑 에이전시까지 해준다며?"

"규모의 경제라는 게 있잖습까. 우리는 AS도 해주고, 전액 보상도 해줄 검다. 설사 팔리지 않는 물건이라도 회사에서 높이 평가한 작품이면 지속적으로 밀어주는 작가 매니지먼트도 병행해야 함다. 그렇게 되면 입점한 것만으로도 작가들에게는 인정받았다는 명예심이 생길 검다. 물건이 안 팔려도 들어오고 싶어 하는 작가들이 많아질 거고 그렇게 되면 다른 가게에서 찾기 힘든 유니크하고 퀄리티 높은 작품들이 우리 회사에 몰리게 될 검다."

"독점하자는 거군."

"바로 그겁다."

김 실장은 정의의 사도인 척, 뒤로는 다른 그림을 그리고 있었다. 말인즉슨, 수공예품 작가들을 예술가로 공인하는 시스템을 만들겠다는 거였다. 언뜻 보면 작가들을 위한 것 같지만, 이득이 안 돼도 작가들이 모이게 만들어서 회사의 성장 동력으로 삼자는 얘기였다. 우리의 영락 씨는 주름이 아주 많은 번데기였다. 그에 비하면 나는 비만한 구더기에 지나지 않았다.

나중에 안 사실이지만 수공예품 작가들 사이에도 '미학관'의 차이가 존재했다. 사소한 것 하나도 모두 수작업하는 전통주의자, 공장에 의뢰한 부품을 조립하는 수정주의자, 둘을 적당히 섞은 혼합주의자. 하지만 100퍼센트 수작업이라고 퀄리티가 높은 게 아니요, 조립품도 디자인은 작가가 하기 때문에 작품성과 창의성이 뛰어난 경우가 많아, 어느 쪽이 더 예술적이라고 손들어주기는 애매하다. 마치 한국 소설계의 '순수 문학'과 '장르 문학' 사이의 반목을 외부인의 시점에서 바라보는 듯한 이상한 기시감.

더욱 충격적인 것은 내가 지금까지 '수공예 작가'를 진짜 예술가로 여기지 않은 것 같다는 사실이었다. '예술가(artist)'와 '장인(artisan)'의 현대적 구분에 영향을 받은 거겠지만, 아무래도 나는 예술 작품이라면 역사에 길이 남을 수 있는 것이어야 하므로, 소비되고 소모되어 마침내 소멸할 목걸이나 귀걸이 따위를 쳐줄 수는 없다고 생각한 모양이었다.

위아래 경계를 허문다면서 은근히 다른 예술가들을 깔보고 있었던 거였다.

수공예품 작가들은 장사꾼과 거리가 멀었다. 거리가 먼 정도가 아니었다. 사업 설명회를 듣다 말고 명 실장이 복도로 나온 이유였다. 명 실장은 연신 손부채질을 하며 후우후우 숨을 몰아쉬고 있었는데 꼭 어린 학생에게 성희롱을 당한 초짜 선생님이 교실 밖에서 분을 삭이는 모습 같았다.

"배은망덕한 것들, 공간은 투자가 아닌가? 지네가 어디서 그런 공간을 얻어?"

"후후, 똑똑한 척하지만 아마 주변 임대료가 얼만지도 모를 거예요."

"세상에 공짜가 어딨어? 미친 것들."

명 실장은 안 마신다는 술을 세 병이나 마셨다. 구와 나는 피식피식 웃으며 건배를 했다. 삼촌은 김 실장과 진지하게 대화중이었다. 삼촌이 김 실장에게 사업 설명회에 대한 총체적 평가를 요구했다. 영락 씨는 가슴 한복판을 톡톡 치더니 말했다.

"불쌍하다는 생각이 들더라고요."

"응? 답답한 게 아니고?"

"얼마나 속고 살았으면 저럴까, 싶어서요."

작가들은 수수료가 오르는 것에 대해 강하게 반발했다. 김 실장은 장장 사십 분에 걸쳐서 무료 공방 운영, 작가 브랜드 및 창업 지원 프로그램, 수작과 문화발전소의 협업에 관한 수많은 아이디어를 설명했으나 소용없었다. 힙합 모자를 눌러쓰고 나타난 남자가 분위기를 주도했다.

"됐고요, 마진율을 높이는 진짜 이유가 뭡니까?"

"설명드린 대로 건물 임대료 및 운영비 때문에 그렇습니다."

"그건 거기서 투자하실 일이죠."

"투자를 했을 때는 이윤이 발생해야…."

"지금 수작만 봐도 공간만 제공했지 회사에서 뭘 해준 건 없는 것 같습니다."

명 실장님이 화난 지점이 바로 여기, '공간만 제공했지'였다.

"저희 팀 월 매출이 천만 원입니다. 뼈 빠지게 벌어서 사백만 원 내놓을까요? 카드 수수료, 세금, 비용 빼고 나면 삼백만 원 남습니다. 둘이서 최저생계비예요. 지금이 무슨 일제 강점기입니까?"

힙합 모자는 수익은 우리가 올리는데 돈은 왜 당신들이 먹냐는 말을 반복했다. 분위기는 순식간에 힙합 모자 쪽으로 넘어갔다. 프리마켓이 왜 백화점만큼 떼 가냐는 말에 제일 많은 사람들이 끄덕거렸다. 백화점에서는 인테리어가 본인 부담이다, 작가들을 지원하기 위한 아무런 프로그램이 없다, 설명했지만 얘기는 돌고 또 돌았다. 돈을 많이 번다고 수수료를 많이 떼는 것은 불공평하니 하루에 이만 원씩 균일가로 자릿세를 받자는 주장도 나왔다. 그게 지난달 매출 오십만 원을 찍었다는 향초 작가 입에서 나온 말이었다. 그럼 당신은 한참 적자인데 괜찮겠어?

하지만 설문지 결과는 조금 달랐다. 우리를 지지한다는 내용의 메모도 꽤 있었고, 설명회 후 만찬에도 삼십여 명의 작가들이 남아 있었다. 구와 내가 술자리에서 웃을 수 있었던 이유였다.

권력이
너무 많다

"노마와 마농이 핸들링을 못하고 있습다."

김 실장이 말했다. 노마와 마농은 기존 수작의 매니저들이었다.

"뭐가 문제랍니까?"

"작가들이 수수료를 35로 올릴 경우 전원 탈퇴하겠담다."

"설문조사에서는 찬성 의견이 더 많았다며."

"아무래도 카르텔이 존재하는 것 같다."

카르텔이라면 힙합 모자? 하지만 노마와 마농은 그럴 이유가 없잖아? 수작이 커지면 그들의 역할도 커지고 안정적인 수입도 확보될 텐데?

"힙합 모자한테 휘둘리는 이유가 뭘까?"

"권력을 뺏길까 봐서?"

"무슨 권력?"

"언젠가 술 먹고 취해서 그러더라. 누군가에게 영향력을 행사하는 게 수작에서 처음이라고. 그래서 행복하다고. 그게 니 그릇이구나, 싶더라."

매니저는 허드렛일을 하는 대신 셀러들을 선정하고 그들에게 자리를 배치해줄 권한을 행사했다.

"에이 설마, 그게 뭐라고…."

"노 작가님은 몰라요. 걔네한텐 그게 큰 거야."

구의 말은 틀리지 않았다. 다음날 노마와 마농은 셀러 선정과 자리 배치의 권한을 유지하는 조건으로 회사의 뜻에 따르겠다고 통보해왔다.

"관두라고 해."

삼촌은 단호했다. 노마와 마농의 방식으로 백여 명의 셀러와 수천 점의 위탁 상품을 관리할 수는 없다. 시스템 자체가 바뀌어야 한다.

"맞습다. 지금까지 노마와 마농은 작가들을 배려해 같은 종류의 상품은 서로 떨어뜨려놓는 자리 배치를 해왔지만 제가 시뮬레이션을 해본 결과 같은 종류끼리 붙여놔야 더 잘 팔리는 것으로 확인됐습다. 가격 차이가 많이 나는 작가들이 붙어 있을수록 매출이 더 늘었습다."

"비싼 게 잘 팔렸다는 건가, 싼 게 더 잘 팔렸다는 건가?"

"둘 다 매출이 늘었슴다."

책상 경영은 분명 위험하지만, 책상에서 해결해야 할 일들이 엄연히 있는 거였다. 나도 동의했지만, 지금 한쪽으로 기우는 건 내 역할이 아닌 것 같았다.

"영역을 나누면 어때요. 기존 수작은 노마 마농이 계속하고, 건물 안 수작은 매니저들 새로 뽑고. 그렇게 타협하시죠."

나는 노마와 마농이 새로 생기는 수작에 욕심을 낼 거라고 생각했다. 그러면 건물 안으로 들어오되, 즉 사대보험이 적용되는 정식 직원으로 채용되는 대신 모든 운영에 관한 최종 결정권은 회사에 위임해야 한다는 조건을 제시할 생각이었다.

노마와 마농은 엉뚱하게도, 타협안에는 동의하지만 기존 수작의 정산 및 입금 업무를 넘길 수는 없다는 대답을 해왔다.

수작에서는 카드 결제가 가능했다. 그게 수작의 장점이었다. 회사가 하난데, 건물 밖과 건물 안의 매출을 따로 계산하자는 게 말이 돼? 바코드 붙여서 포스에 통합하면 자동으로 세금계산서까지 발행되는데 뭐 하러 그런 복잡한 짓을 해?

"현금은 죄다 삥땅했나?"

"시스템이 바뀌어도 현금결제 착복은 계속할 수 있슴다."

"수작 2에 걸릴까 봐 그러는 거 아냐?"

"시스템 안 바꿔어도 걸릴 건 걸림다."

"새가슴들이어서 그렇게는 못했을걸요?"

구가 삼촌의 의심을 잠재웠다. 김 실장이 설득력 있는 가설을 내놓았다.

"좋은 자리를 배치해주는 대가를 받았거나, 혹은 셀러들간에 자릿세 오가는 것을 도와줬을지도 모름다."

"그런 건 지네들끼리 거래하면 되잖아?"

"작가들끼리 선불이 오갔을 거라고요? 천만에요. 절대 그렇게 안 함다. 무조건 본인들 수익에서 떼주는 방식으로 하죠."

대체 뭣 때문에 그러지? 작가들한테 입금해주는 사람으로 남아 있고 싶어서 그래? 그게 네 권력의 원천이라고 생각해서?

노마, 마농과 협상하는 동안 예닐곱 팀이 수작에서 빠져나갔다. 다른 프리마켓에 우르르 몰려다닌다는 제보가 들어왔다. 그중에는 힙합 모자와 향초 작가가 포함돼 있었다. 힙합 모자는 향초 작가를 다른 프리마켓에 '꽂아주는' 위치였던 거였다. 오십만 원 버는 향초 작가가 천만 원 버는 힙합 모자한테도 공평하게 자릿세를 받으라고 주장한 건 멍청한 헛소리가 아니라 약빠른 아부였던 거였다.

예닐곱 명이 한꺼번에 빠져나가니 다른 작가들도 흔들렸다. 나오는 작가들은 네다섯 명으로 줄었고 늘어도 모자랄 매출은 추락했다. 하지만 수작의 페이스북 페이지 트래픽은 수직 상승했다. 대세에 따르느라 나오지 못하는 작가들이 수작의 현황을 수시로 엿보고 있다는 뜻이었다.

삼촌은 이십 년쯤, 어쩌면 사십 년쯤 회춘했다.

"아, 진짜 씨발놈들."

아무렇게나 욕을 하는가 하면,

"한때 페북에 고기 먹었음 좋겠다고 올리던 거지새끼들이 말야."

누가 들으면 큰일 날 소리만 골라 했다.

"구가 먹고살게 해준 건데 보답은 못할망정 등에 칼을 꽂아?"

좀처럼 화를 내지 않는 구가 언성을 높였다.

"그만 좀 드세요. 무슨 형님 돌아가셨을 때처럼 술을 먹어."

다음 날 삼촌은 회의에 참석하지 못했다. 노마를 불러 올린 사람은 김 실장이었다. 다른 사람들은 점심을 먹으러 가고, 나는 속이 안 좋다는 이유로 남아 있었는데, 영락 씨가 이쪽을 힐끔힐끔 쳐다보았다. "제가 있어서 불편하신가요?" 하고 물었더니, "작가님은 자리에 앉아 계셔도 됩다"라는 대답이 돌아왔다. 보통은 "전혀요" 내지는 "아니요?"라고 말하지 않나? 뭔가 이상하다 싶었는데 노마가 올라왔다.

과정은 기억나지 않지만 약 십 분 뒤, 김 실장은 노마에게

고래고래 소리 지르고 있었다.

"왜 그러는지 모른다고? 작가가 아니라 장사꾼이어서 그런 거야. 그 새끼가 원하는 건 수수료가 오르지 않아서 한 달에 백만 원을 더 가져가는 것뿐이야. 정말 수작에 아쉬운 게 없으면 그냥 딴 데 가면 되지, 왜 집단행동하는데. 고작 천만 원 버니까 그런 거야. 한 달에 백만 원씩 일 년에 천만 원 더 벌려고!"

신기하게도 반말을 하니까 김 실장에게서는 더 이상 함경도 억양이 나오지 않았다.

"회사는 말이야. 한번 터지기 시작하면 하루에 천만 원씩 들어와. 내가 못할 것 같아? 그때 되면 향수 그 새끼는 분명 여기 돌아와. 왠지 알아? 그 새끼는 장사꾼이니까. 하지만 넌 못 돌아와. 알아? 넌 장사꾼도 아니고 작가도 아니고 양아치니까. 고작 한 달에 천만 원 버는 새끼한테 휘둘리는 새끼니까!"

노마는 의자 하나를 빈 벽에 집어던지고 나가버렸다. 왜 그렇게 화를 내시냐고 물었더니 김 실장은 씩 웃으며 말했다.

"죄송함다, 회사를 만들기 위해서 어쩔 수 없었슴다."

구는 구대로 노마와 마눙을 밀어붙였다.

"관둘 거면 빨리 얘기해줘요. 관둘지 안 관둘지를 알아야 엠디 채용 공고를 내지."

구는 전화를 끊더니 혼잣말처럼 말했다. 꼭 눌러줘야 하는 사람들이 있다니까. 처음부터 잘하면 얼마나 좋아.

최후통첩은 삼촌이 날렸다.

"노마랑 마농한테 집단행동하는 작가들 다시는 안 받겠다고 통보하세요. 앞으로는 매니저도 직원 아니면 안 둘 거라고 얘기해 주시고요."

기존의 수작이 무너지면 수작 2도 힘을 받기 어려웠다. 작가들을 모집하는 데 두 배 세 배 힘들 거고 그러는 사이에 자금도 엄청나게 깨질 거였다. 없는 힘까지 모아 총력전을 해도 모자랄 판에 왜 이렇게 최악의 상황으로 치닫는 걸까? 합리적으로 해결해야 할 일에 감정을 개입시키는 걸까?

하지만 내 걱정과 달리 노마와 마농은 그만두지 않았다. 그 어느 때보다도 열심히 뛰었다. 새 작가들을 데려와서 빈자리를 메꾸었다. 그러자 집단행동을 하던 친구들이 돌아왔다. 힙합 모자는 예전보다 매출이 절반이나 떨어졌는데도 일주일 내내 자리를 지켰다. 그리고 일주일 후, 수작 2의 개점을 이 주일 앞둔 시점에 빅팟이 터졌다.

수작이 하루 매출 천이백만 원을 달성했다. 하루 만에 사백만 원 매출을 올린 팀도 있다고 했다. 노마가 새롭게 물어온 가죽 가방 팀이었다. 삼촌은 격려 차원에서 노마와 마농에게 소고기를 샀다. 구에 의하면, 세 사람은 어깨동무를 하고 노래방까지 갔다고 했다.

나는 허위 신고를 받고 출동한 119 대원이 된 기분이었다.

오랜만에 문화발전소 오피스텔에 가보니 비밀번호가 생각나지 않았다.

12

하던 대로
한다

성공하고 싶으면 걱정하는 사람을 곁에 두지 말란 말이 있다. 맞는 말이다. 하지만 현실에서는 걱정이 많다고 사람을 자르면 부당 해고에 해당하지. 젠장, 이거야말로 걱정에 해당하는 건가?

"이제 곧 수작이 문을 열 텐데, 이렇게 있다간 큰일 나겠어요."

명 실장이 먼저 지적해주신 건 고마웠으나,

"저쪽은 수작 땜에 정신이 없으니, 작가님이랑 저랑 둘이서 진행하는 수밖에 없습니다."

대체 뭘 진행하겠다는 건지 알 수 없었다.

8월 중순으로 잡힌 그랜드 오픈에는, 크게 버블 파티를 열 예정이었다. 그러려면 강좌 프로그램 시즌 1이 열려 있어야 했는데 준비된 건 하나도 없었다.

명 실장은 포토샵을 할 줄 몰랐다. 인터넷 마케팅은 어떻게 하는 거냐고 나에게 물었다. 저기요, 마케팅은 직원이 해야지요? 그런 일들을 하라고 직원을 뽑는 거 아닌가요?

와인 천 개를 일주일 만에 파신 적이 있다면서요. 그렇고 그런 수입 화장품을 한국에서만 유명한 브랜드로 만드셨다면서요.

"이사님? 마케팅은 외주업체를 쓰시는 게 어떨까요?"

"그건 프로그램이 몇십 개 될 때 얘기죠."

며칠 뒤 명 실장은 다시 말했다.

"우리처럼 작은 회사는 입소문이 최곱니다. 인터넷에서 매번 모집하는 식으로 언제 회원을 모으겠습니까. 우리에게는 충성 고객이 필요합니다. 본인이 못 오면 친구라도 데려다 앉힐 사람. 강의 시간이 아닌데도 살롱에 와서 놀아줄 사람. 우리의 가장 큰 약점인 낮 시간을 채워줄 사람들이 필요합니다."

"그런 사람들이 대체 어디 있습니까?"

"바로, 아줌마들입니다. 아줌마들."

"아줌마들을 어디서…."

"자신 있습니다."

"자신이 아니라, 아줌마들이 있어야지…."

명 실장은 갑자기 테이블 위에 지도를 펼쳤다.

"지금 이사님께서는 서울시와 서울시 주변의 위성도시들을 보고 계십니다. 홍대에서 노는 사람들이 홍대에 사는 사람들이라고 생각지 마십시오."

"이런 지도는 어디서…."

"이 지도를 보시면 홍대의 지리적 특성이 잘 이해되실 겁니다. 즉, 홍대는 서울의 문화 메카이면서 문화적으로 비교적 소외된 지역과 가깝습니다. 서울 안으로는 은평구 지역, 밖으로는 부천, 인천, 김포…"

창업을 하면서 대기업 출신을 뽑지 말아야 할 이유는 여러 가지지만 그중의 으뜸은, 그들은 하던 대로 한다. 옛날에 성공한 방식이 지금도 먹힐 거라고 생각한다.

"생각 좀 해봅시다."

대충 넘어가려고 했는데, 명 실장은 하루 만에 기획서를 작성해왔다. 심지어 나나 구 대표한테 한마디 상의 없이 삼촌에게 직접 보고를 하겠다고 나설 줄이야.

"이게 뭡니까?"

"문화발전소의 웨딩 프로그램 제안서입니다."

명 실장의 아이디어는 이러했다. 수작의 작가들을 기반으로 주부들이 좋아할 만한 프로그램을 설계한다. 주부들은 뭉치는 성향이 강하므로 페이스 투 페이스로 관리하고, 물심양면으로 신경을 써주면 팬덤을 형성할 것이다.

"아줌마가 웨딩이랑 무슨 상관입니까?"

"넘겨보시면 그 뒤에 자세히 설명해 놓았습니다."

파격적인 할인으로 아줌마 부대의 인프라를 구축하고, 이 인프라를 통해 선별되고 고급화된 프로그램을 결혼을 앞둔 젊은 부부들에게 공급하자는 거였다. 저성장 시대에 심플족들이 늘어나는 추세다. 대표적인 게 셀프 인테리어인데 앞으로는 결혼식도 셀프로 하려는 젊은이들이 늘어날 거다.

뭐야, 아줌마들한테 임상실험해서 젊은 커플한테 팔겠다는 거 아냐?

"그래서 만들겠다는 프로그램이 뭡니까?"

"무궁무진하죠. 요리, 살림, 육아, 심리 상담…. 무엇보다 신랑과 신부가 함께 참여하게 해서 유대감과 신뢰를 상승시키고…. 솔직히 애기 안는 방법이나 씻기는 방법 같은 건 아무 데서도 안 가르쳐주거든요?"

명 실장은 평생 싱글이었다. 삼촌은 돌아온 싱글이었다.

"이혼과 관련된 강좌들은 어때요? 이혼해야 할 때, 이혼 잘하는 법 뭐 이런 거. 되려 결혼 생활에 도움 될 수도 있잖아."

"좋습니다. 아주 좋은 의견이십니다."

삼촌은 한번 추진해보라는 지시를 내렸다. 제대로 들어보지도 않고. 매번 혼자 결정을 내리는 것에 화가 나서 나는 베란다로 삼촌을 따라나섰다. 삼촌은 첫 번째 담배연기를 내뿜자마자 말했다.

"저기, 양쪽에, 가로수에 걸어놓은 현수막 보이냐?"

삼촌이 가리킨 것은 모 유명 재즈 페스티벌의 현수막이었다.

"저게 사람들 눈에 띄려면 서울에 몇 개를 걸어야 할 것 같냐?"

"삼촌이 말해보세요."

"개수는 모르는데 금액이 억대인 건 안다. 오프라인 마케팅의 시대는 완전히 갔어. 유일하게 되는 게 있다면 TV지."

"근데 왜 추진하라고 하셨어요?"

"한번 당해봐야 다시는 저런 말을 안 꺼내지."

나는 삼촌의 말에 대오각성한 나머지 온 머리가 바늘겨레가 된 기분이었다. 회사 개장이 육 주밖에 안 남았는데, 지금이 몇 달씩 바쳐서 직원한테 깨달음이나 주고 있을 때입니까, 네?

나는 그 길로 오피스텔에 돌아와 5층 사무실에 가지 않았다. 개장 전까지 오피스텔로 출근하겠으며 모든 것은 이메일로 보고하겠다고 했다. 삼촌은 삼 초도 안 돼서 답장을 보내왔다.

– 맘대로 하셔.

나는 다시 바늘겨레가 되어 오피스텔을 이리저리 굴러 다녔다.

13

소득의 분배는
바라지도 않아

연미는 옛 제자였다.

졸업하자마자 기업형 성형외과에 근무하며 인터넷 마케팅에 잔뼈가 굵은 아이였다. 대기업 신사업부서 마케터를 역임하다 최근에는 생명공학 회사에 이직했는데, 본인의 말마따나 "그곳이 정상이었다면 절대 우리 회사에 들어오지는 않았을 것"이었다. 그 전에 학자금 대출 삼천만 원이 없었다면 취업을 안 했겠지. 소설 썼겠지. 여행 다녔겠지. 돈 없어도 집에서 잘만 놀았겠지. 일본 애니 보다가 일본어에 능통했을 정도면 뭐, 출신 성분 알 만하잖아?

오덕까지는 아니지만 삼덕은 되었다. 삼덕이어서 오덕보다 스펙트럼이 넓었다. 포토샵, 피피티는 물론이고 코딩도 약간 할 줄 알고 글도 잘 쓰고 무엇보다 일상적인 대화가 가능한 돌아이였다.

우울증은 있지만 자폐는 아니고, 술을 좋아하지만 갑상선항진 때문에 못 먹고, 여행을 좋아하지만 빚을 갚아야 해서 국내 여행밖에 못하는 아이. 그 아이가 문화발전소에 온다는 거였다.

지금 회사에서는 삼십 분 일찍 출근시켜 강당에서 기도를 시킨다고 했다. 업무를 잘못하면 주 예수 그리스도께 반성문을 쓰게 한다고 했다. 교회를 안 다니는 애면 말도 안 해.

"거룩한 주님을 바라보며 자살을 떠올리기는 싫었어요."

일주일 동안 문 대리에게 인수인계를 했다. 다음 일주일 동안 해놓을 일을 지시해 놓기 위해서였다. 휴가를 다녀온다 했지만, 사실은 도망이었다.

선생들 다 섭외했고, 시간표, 계약서, 기본 서류 다 만들었고, 강의 설계, 온라인 마케팅 카피까지 다 써놓았다. 나머지는 디자인과 바이럴 마케팅이라 내가 있다고 도움 될 구석도 없다는 판단이었다.

지인에게 강원도 시골집을 열흘쯤 빌렸다. 그곳에서 혼자 밥을 해먹으며 미루고 미루었던 장편의 개작을 마칠 생각이었다.

회사를 하면서는 도저히 짬을 낼 수 없었다. 회사를 망해먹고 싶으면 회의를 오래 하면 되었다. 위에서 세 시간 회의를 하면, 밑에서는 삼십 시간을 일해야 한다는 사실을 모르면 되었다. 삼촌은 오전 내내 회의를 했다. 점심을 먹고 와서 두세 시간씩 회의를 더 하는 경우도 있었다. 직원을 삼십 명씩 데리고 있을 때의 버릇이 남아 있는 거였다.

회의를 끝내고 일을 하려고 책상에 앉으면 5층을 들락거리는 사람마다 문 대리에게 사소한 일을 부탁했다. 내가 지랄을 해도 사람들은 대수롭지 않게 넘겼다.

"별로 어려운 일도 아닌데 뭘 그렇게… ㅎ"

일에는 연속성이라는 게 있는 거다. 일단 궤도에 오르면 가속도를 낼 수 있지만 중간에 끊어먹으면 처음의 속도로 돌아가게 된다. 자꾸 신호등에 걸리는 자동차를 생각하면 쉽다. 순환 도로로 갈 길을 시내 도로로 가면 얼마나 오래 걸릴까?

나는 모두에게 경고했다. 문 대리는 수작이 아니라 문화 발전소 소속이며, 따라서, 아무리 사소한 것이라도 나 이외의 사람이 시키면 죽여 버리겠다고.

"뭘 죽이겠다고까지 해. 노 작가 말이 심하네."

삼촌의 동창인 인테리어 기사님이 말씀하시기에 정색을 했다.

"정말 죽여 버릴 건데요?"

그것만으로도 안심이 되지 않아 덧붙였다.

"프린터에서 종이 한 장 뽑는 일이라도 저한테 카톡 보내서 허락받으십시오. 문 대리 너는 내가 오더 때린 거 아니면 볼펜 줍는 일도 하지 마, 알았어? 단 하나라도 내가 알게 되는 순간 너는 해고야, 알겠어?"

그 정도면 될 줄 알았다. 편안한 마음으로 강원도에서 글만 쓸 수 있을 줄 알았다.

첫날은 청소를 하고 요리를 했다. 멸치 다시마 육수도 내고, 토마토 스파게티 소스도 만들고, 소고기 뭇국도 끓이고, 몇 가지 간단한 밑반찬도 준비했다. 약속대로 저녁 여덟 시쯤 문 대리의 업무 보고가 있었다. "이게 말이 돼요?"로 시작한 업무 보고였다.

"아침 열 시에 출근했는데 문은 열려 있고 사람은 아무도 없는 거예요. 신입사원이 출근했는데 관리할 사람이 아무도 없는 거죠. 제 컴퓨터는 또 왜 이 사람 저 사람 쓰고 있는 것일까요? 암호도 안 걸려 있고 말이죠. 어이없는 회사 많이 다녀봤지만 이렇게 보안이 안 된 경우는 처음이에요. 책상 위에 서류가 아무렇게나 굴러다녀요. 심지어 인테리어 사장님은 어떤 줄 아세요? 일꾼들 일 시켜놓고 한가하신지 서류마다 읽어보세요. 이게 말이 돼요?"

구 대표가 왔었다. 〈맨즈 요가〉 포스터 디자인부터 하자고 했다. 카피를 적어오지 않았다. 이것저것 지시하며 두 시간이나 잡아먹고 갔다.

"볼펜 줍는 일도 하지 말랬지."

"이건 회사 일이잖아요."

"회사 일도 나한테 수합돼서 오더가 나가야지."

"그럼 직접 와서 해결하시든지요."

나는 구 대표에게 문자를 넣었다. 기한이 얼마 안 남아 급해서 그랬어요, 다음에는 노작님한테 먼저 이야기할게요, 라는 답이 돌아왔다.

"구 대표한테 얘기했으니까 내일은 꼭 해."

"넹."

"금요일까지 디자인이랑 카피 작업 끝내 놔. 그래야 월요일에 회의를 하지."

"넹."

문 대리는 예상대로 일을 잘하는 친구였다. 다만, 편집증이 좀 있을 뿐이었다.

– 아직도 요가 포스터를 만든다고?

– 모서리 색깔이 맘에 안 들어서 그러데이션으로 처리할까 생각 중이에요.

– 뭐 하러 그렇게까지?

– 바이럴 마케팅은 한눈에 시선을 붙잡는 게 생명이라고요.

편집증에 더해 결정 장애가 좀 있을 뿐이었다.

– 선생님?

– 응?

– 밑에 컬러를 두 개 보내볼 테니 어느 게 더 나은지 좀
봐주세요.

– 아직도 요가니?

– 쌤이 딱 보고 센스 좀 발휘해 주세요. 눈 아파 죽겠으요.

요리로 따지자면, 야채는 몇 센티 간격으로 썰어야 할지,
간장은 어느 회사 것을 써야 할지, 물은 수돗물을 써야 할
지 생수를 써야 할지 따위를 죄다 물어보는 격이었다. 네
맘대로 한 다음 완성본으로 검토받으라고 하면.

일이 끝나지 않았다. 밤이 늦도록 퇴근하지 않았다.

연미는 하루에도 수백 통씩 메시지를 보냈다. 나는 마틴
쿠퍼를 진심으로 저주했다. 주커버그에게는 살의를 느낄
지경이었다.

– 선생님.

– 왜.

– 왜 홍보글이 올라가지 않는 걸까요?

– SNS 담당자는 너잖아.

– 그럼 전 어디에 물어봐요?

– 소설은 어떻게 썼어. 물어보면서 쓴 거 아니잖아.

– 이건 소설이 아니잖아요.

　강원도에서의 하루는 결코 외롭지 않았다. 나는 스티브 잡스와 주커버그는 물론 회사의 모든 임원 및 직원 여러분들과, 심지어는 합정동의 불떡볶이집 아줌마와 이상한 택배 기사, 홈페이지 도메인 회사의 탁 대리와 삼촌 건물의 전직 경찰 출신 관리인 아저씨와도 함께였다. 나와 함께이지 않은 사람은 문 대리뿐이었다. 나와 함께이지 않아서 문 대리는 수요일에는 돌아버릴 지경이었고, 목요일에는 퇴사하고 싶었으며, 금요일에는 삶에 아무런 의욕이 없었다. 토요일에도 삶에 아무런 의욕이 없자, 일요일에는 남친도 삶에 아무런 의욕이 없게 만들어 놓았다.

　수요일에는 원 대표가 수작의 모든 작가들에게 앙케트 조사를 하라고 시켰다. 향후 강연, 강좌 프로그램을 할 의향이 있는지, 있다면 어떤 아이디어가 있는지를 조사하라는 것이어서 문화발전소 일이기는 하였으나 나한테 허락을 맡은 적은 물론 없었다. 목요일에는 변 실장님께서 삼촌이 건물의 2층부터 6층까지 임대를 내놓았다고 해서 불안감을 조성했다. 문 대리는 제작 중인 포스터의 장소란에 뭐라고 기입해야 할지 밑도 끝도 없는 결정 장애에 빠졌다. 월요일과 수요일과 목요일에는 오전 내내 임원 회의가 있었다. 오후에는 다들 외근을 나가버려서 사무실이 비어 있을 때가 많았고, 이상하게도 사무실이 비어 있을 때마다 전화가 폭주했다. 대부분 수작의 구인 공고, 수작의 작가 및 셀러 모집, 수작의 위탁판매 문의, 수작의 위치 문의 등등이었으나 이것은 누군가가 시킨 일이 아니었으므로, 문 대리는 그 질문들에 응답하지 아니할 근거가 없었다.

나는 소설을 끝내지 못한 채 서울에 돌아왔고, 문 대리는 내가 시킨 일을 하나도 못해놓은 상태였다. 무엇보다 누드 크로키가 이 주일 앞으로 다가왔는데 신청자가 두 명밖에 없었다.

"이건 B2B에 적합한 프로그램이지 B2C가 쉽지 않다고요."

"지금 그런 얘기가 무슨 소용 있어. 처음엔 너도 재미있겠다고 했잖아."

"타깃이 분산돼 있는 게 문제인 것 같아요."

나는 초보에 한정 짓지 말라고 했다. 오히려 웹툰이나 디자인 쪽 전문가들이 관심을 가질지 모른다. 남자가 관심 있어 할 거란 고정관념을 버리고 그림에 관심 있는 여성들을 공략해라. 일본에서는 노인들이 누드 크로키를 많이 한다더라….

내가 그렇게, 밀린 일정 때문에 골머리를 썩는 동안 구 대표는 행사를 유치해왔다.

하나는 〈한강 축제〉였다. 일주일간 열리는 한강 고수부지 축제에 프리마켓을 파견하고 신문 기사를 유도해 자연스럽게 수작을 홍보하는 방편으로 삼겠다는 거였다. 기획 위원 중 한 명에게 백만 원을 제공하고 따온 행사였다.

또 하나는 〈우리의 마이크〉라는 TV 프로그램이었다. 아마추어와 인디 뮤지션을 대상으로 열리는 힙합 경연 대회이자 공짜 음악 페스티벌로, 수십 명의 스타들이 함께 출연한다. 서울 전역에서 다섯 차례에 걸쳐 열리는데, 그 두 번째인 홍대 편을 수작 및 문발에서 하기로 계약했다는 거였다.

삼촌은 몹시 기뻐했다.

역시 구가 대표감이었다며 일은 이렇게 한방이 있어야 하는 거라고 호들갑을 떨었다. 좀처럼 감정을 드러내지 않는 장 선생도 구에게 경외의 눈빛을 보였다. 영락 씨의 한 말씀이 빠졌을 리가 없지.

"이걸 회사에서 돈을 들여 할 것 같으면 몇 천만 원이 소요되었을 행사입니다. 몇 천만 원을 들였다 해도 그게 대중에게 알려지고 방송을 탈 수 있을지는 미지수입니다. 구 대표님께서 네트워크의 진정한 위력을 보여주신 것 같습니다."

무슨 노동당 대회처럼 박수까지 치기 시작했는데 구는 배꼽 인사를 하며 별것 아니니 그만하라는 손짓을 했다.

그 편이 열 배는 더 얄미웠다.

14

당신이 걱정하는
이유

〈월드 퍼커션〉은 음악 단체를 안고 있는 형태의 기획사였다. 수많은 나라의 전통 리듬을 즐기고 배우는 동호회가 전국적으로 수십 개 연합해 있다. 프로 및 프로에 준하는 수백 명의 드러머 및 퍼커션 동원력을 갖고 있어, 축제 및 대형 행사 전문이었다. 대표인 J는 아프리카와 브라질 리듬의 전문가로 국내 최고의 퍼커션이기도 했다.

재즈 보컬리스트 M과 보사노바 보컬 N의 절친인 내가 〈월드 퍼커션〉을 모를 리 없었다. N이 제일 먼저 추천한 사람이 〈월드 퍼커션〉의 리더 J였다.

나라고 월드 퍼커션이 큰 행사하는 걸 몰랐겠어?

낮은 포복으로 흙탕물을 지나고, 후방 포복으로 철조망

을 통과해 낮은 고지라도 하나 점령한 다음에, 든든한 은폐물이라도 하나 마련한 후에 일제 진격의 무기로 사용할 요량이었다. 그만큼 〈월드 퍼커션〉은 확실한 카드였고, 탐나는 아이템이었다.

그걸, 구가, 수작 2의 오프닝 행사에 끌어당긴 거였다. 저녁 만찬에 쓰려고 쟁여놓은 샴페인을 누군가가 가져가 낮술용으로 따 버린 기분. 내가 티도 안 나는 허드렛일을 하는 동안, 구가 집주인을 자처해버린 꼴이었다.

그렇다고 허드렛일을 그만둘 수는 없었다. 〈모두의 마이크〉도 공짜로 유치해왔는데, 〈누드 크로키〉 같은 작은 행사에서 적자를 볼 수는 없었다.

나는 연미와 나란히 매일매일 컴퓨터 앞에 앉아 있었다. 인터넷 마케팅은 전단지를 나누고, 포스터를 붙이고, 현수막을 거는 일과 다를 게 없었다. 단지 그 공간이 온라인의 영역으로 옮겨진 것일 뿐이었다.

우리는 건물 관리인과 수위의 눈을 피해 무수히 많은 포스터를 담벼락에 붙이고 또 붙이다가 아예 출입 금지를 당하기도 했고 ─ 카페, 커뮤니티, 밴드, 동호회 사이트 등에 게시글을 올리고 지워지면 또 올리고 하다가 회원 탈퇴당하거나 차단당했고 ─ 길거리에서 무작위로 전단지를 나눠주는 일 외에도 ─ 페이스북이나 인스타그램 등등의 포스팅뿐 아니라 ─

보안 문을 통과하여 사무실이나 아파트 현관에 지라시를 붙이거나 밀어 넣는 짓 — 편법 혹은 약간의 해킹으로 쪽지나 이메일 보내기 — 을 꾸준히 했으며, 그리고 비싸서 하나밖에 못했지만 현수막 — 회원이 꽤 많은 사이트의 유료 배너 — 도 걸었다.

매번 다른 이미지에, 다른 글로 올리지 않으면 포털 사이트 측의 검색에 걸려 스팸 처리되거나 자동 삭제되었다. 메모장에 써두었다가 복사하는 것도 단속하기 때문에 그조차도 일일이 타이프로 찍어야 했다.

페이스북도 마찬가지여서 매번 다른 이미지와 글귀를 사용하지 않으면 차단당했다. 한 번 만든 걸로 여러 번 쓰려면 몇 십만 원씩 내고 유료 광고를 하는 수밖에 없었다. 동영상 안에는 20퍼센트 이하로 면적을 차지하게 활자와 자막을 넣으라는 규정도 있었다.

인터넷이 없었다면 더 빨리 끝날 일이었다. 진짜 담이나 전봇대에 포스터를 붙이던 시절이었다면. 연극 포스터나 공연 포스터를 하루에 여덟 시간씩 한 달 동안 붙이고 다녔다는 얘기는 들어본 적이 없었다.

한 땀 한 땀 타이핑을 할 때마다, 구차하고, 모욕적이고, 낯 부끄럽고, 속 시끄러웠다. 인터넷에 글을 올리고 있을 뿐인데, 구걸하다 얼뺨 맞은 것 같고, 길거리에서 벌거벗은 것 같고, 억울한 누명을 쓰고 쫓겨 다니는 심정이었다. 나는 소설 쓰기를 고통스러워했던 나의 과거를 반성했다.

　내가 그렇게 바닥을 기는 동안, 구 대표는 장 선생과 가죽 공예, 은 공예 등의 공방 체험을 다니는가 하면, 매일같이 홍대 아티스트들과 소주를 마시거나, 아니면 삼촌과 함께, 대체 어디서 오는 건지, 끝없이 새롭게 등장하는 대표님들을 만나 와인을 마셨다.

　명 실장은 매일매일 새로운 걱정을 만들어내기 시작했고.

　"작가님, 저 내일부터 부동산을 보러 다닐까 합니다."

　"왜요?"

　"노 대표님이 건물을 내놓으셨단 말이 있어서요."

　"제가 확인해봤습니다. 그러신 적 없습니다."

　아무리 아니라고 말해도 명 실장의 걱정은 쉽게 꺼지지 않았다.

　"제가 생각을 해봤는데요, 작가님."

　"네."

　"지금 문화발전소 오피스텔을 잘 꾸미면 열 명은 수용할 수 있을 것 같은데 만약의 경우를 대비해서 당분간 모든 모객을 열 명 이하로 하는 게 어떨까요?"

　그때는 몰랐다. 명 실장이 말도 안 되는 소리를 하는 이유를. 일은 안 하고 걱정하느라 세월을 보내는 게 한심했다. 명 실장의 걱정은 가까운 미래에만 한정된 게 아니었다.

　걱정은 전염이 빠르다. 특히 작은 회사에서는 전 직원을 오염시키므로 매우 안 좋다. 하지만 어떤 직원이 걱정을 시작했다면, 그것은 직원의 잘못이 아니라 조직의 문제이다. 걱정하는 사람보다 걱정시키는 사람이 문제인 것이다. 어느 순간부터 명 실장은 나에게만 이야기하고 있었다.

"작가님, 제가 요즘 병원 쪽 간호부장님이랑 접촉 중인데요."

인테리어 대표님이, "그 간호부장님 제가 소개해줬습니다, 동창이야 동창" 하면서 지나갔다.

"이번 미팅이 잘되면 간호사들을 많이 끌어올 수 있을 것 같은데, 아무래도 인체를 다루는 분들이니 누드 크로키에 관심도 많고, 또 도움도 많이 되지 않을까요? 그리고 제가 물어보니 문연미 대리 남친이 병원에서 물리치료사를 한답니다. 그렇지, 문 대리?"

"하하 네, 맞아요, 하하."

"그래서 하는 말인데요, 문화발전소 오픈식 때 아줌마들을 모셔와서 무료 물리치료를 받게 하면 어떨까 싶어서요."

"메인 프로그램이 뭔데요?"

"물리치료요."

"물리치료만 한다고요?"

"그냥 물리치료가 아니라 공짜 물리치료잖아요."

이쯤 되면 더 이상 들을 필요도 없었다.

"아줌마 네트워크는 잘 진행되고 있습니까?"

명 실장은 턱을 몸 쪽으로 끌어당기더니 비장하게 말했다.

"원래 이런 일은 시간이 오래 걸리는 법입니다, 작가님. 건물을 지을 때 지반공사가 절반을 차지하듯이 말이에요."

간호사들이 누드 크로키에 관심 있을 거라는 생각은 어디서 나왔을까? 아줌마들은 공짜면 무조건 달려들 거라는 생각은?

명 실장이 수작 5층이 아닌 문발 오피스텔에 불쑥 들어온 것은 오후 세 시쯤이었다. 가까스로 짬을 내어 원고를 써보려 했던 나로서는 낭패였다. 명 실장은 들어오자마자 책상에 엎드려 울기 시작했고 뒤따라 들어온 김 실장은 한숨을 쉬며 어쩔 줄 몰라 했다.

"무슨 일이에요?"

나는 김 실장에게 물었는데, 명 실장이 울다 말고 고개를 번쩍 들더니 말했다.

"도대체 이 회사는 무슨 일을 하는 회사예요? 네?"

"무슨 일 때문에 그러시는데요?"

"제가 봤을 때 이 회사는요."

명 실장의 목소리가 날카로워졌다.

"세상 모든 일을 다 하겠다는 회사 같아요!"

탄알이 만들어지고 그것이 장전된 건 하루 이틀 일이 아니겠지만 오늘 명 실장 권총의 방아쇠를 당긴 건 구 대표였다. 오프닝을 앞두고 가뜩이나 바빠 죽겠는데 구 대표는 자꾸 회의의 논점에서 일탈했다. 실무에 대해 논의하고 있는데 불쑥 〈우리의 마이크〉가 얼마나 대단한 행사인지를 어필하는가 하면, 명 실장이 〈웨딩 사업〉의 진행 상황을 보고하는 동안에 몇 번씩이나 끼어들어 〈여행 사업〉에 대한 새로운 아이템들을 늘어놓았다.

"그냥 아이디어를 얘기한 거지 지금 하자는 건 아니지 않습니까. 웨딩 사업도 지금 당장 하자고 말한 건 아니잖아요."

"저는 진행 상황을 보고한 겁니다. 책임지지도 못할 아이디어를 늘어놓은 게 아니고요."

포인트는 그곳에 있었다. 명 실장은 걱정을 한 게 아니라 '책임'지려고 했던 거였다. 윗사람 중에 책임질 사람이 없어 보이니까 본인이라도 져야겠다고 생각한 거였다. 그래서 〈웨딩 사업〉의 추진을 고집하고, 먼 미래의 일까지 미리 대비하려고 한 거였다. 회사가 망할 것 같으니까.

직원이 CEO처럼 생각하기 시작하면 정말 망한다. 한 사람이 미래를 걱정하면서 동시에 현재의 일을 처리하기란 한 가지만 할 때보다 두 배, 세 배로 어렵기 때문이다. 큰 그림을 그리면서 동시에 눈앞의 일을 하고, 프로젝트가 엎어질지도 모른다는 가능성을 염두에 두면서 작은 일들을 꼼꼼히 처리하기란 불가능에 가깝기 때문이었다. CEO와 직원은 명령 체계가 아니라 분업 체제였다. 한 사람이 지프를

몰면 사격은 다른 사람이 해야 하는 것과 같았다. CEO의 생각을 직원이 모를 때 더 효율성이 생기는 경우는 얼마든지 많았다.

그때는 그걸 몰랐으므로, 나는 삼촌을 만나 명 실장을 자르자고 했다. 삼촌은 옅게 웃었다. 또 그놈의 가르침 타임이구나.

"직원이 열 명 있으면 그중 돈 되는 사람 몇 명일 것 같냐."

"그건 조직이 클 때 얘기죠."

"진짜 일하는 사람은 열 명에 한두 명이다. 다른 사람들은 뭔지 알아? 그냥 자리 지키는 거다. 경부고속도로 버스전용차선 타려고 쪽수 채우는 거랑 똑같아."

"그니까 그건 앞으로의 얘기라고요."

삼촌은 일이 있다며 먼저 회의실을 나섰다. 회의실에 혼자 앉아서 나는 오늘부터 문화발전소는 나와 문 대리의 2인 기업이라고 스스로에게 각인했다. 삼촌의 말마따나, 나는 버스전용차선을 타고 싶었을 뿐이니까. 버스전용차선만 타면 되는 거니까.

문 대리
길들이기

나는 문 대리를 문화발전소 사무실로 데리고 왔다. 안 된
다는 말만 반복하던 삼촌은 CP(Command Post)를 만들자
는 말에 흔들렸다. CP는 군대용어로 '본부'라는 뜻으로 부
대의 사무를 도맡아 하는 곳이었다. 문화발전소의 영어 이
름인 Culture-Plant의 약자이기도 하니 좀 좋으냐고 주장했
는데 삼촌은 의외로 이런 쓸데없는 디테일에 약했다. 장 선
생은 제주도 다문화 프로젝트 어쩌고 저쩌고 핑계 대고 안
나타나지, 구 대표는 모든 일을 스마트폰으로 해결하려 들
지, 명 실장은 마음이 콩밭에 간 지 오래지, 유일하게 문서
작업을 맡을 수 있는 김 실장은 수작에 발목이 잡혀 있으니
문 대리를 문발 일에만 집중할 수 있게 해줘야 한다고요.

나는 "삼촌이 하실래요?", "삼촌이 해주시든지요."를 반복 구사하여 끝내 삼촌의 마음을 뒤집었다. 삼촌이 비서 없이 아무 일도 못한다는 건 비서만 모르는 사실이었다.

비서 비스무리가 생겼다는 생각에 나는 마음이 부풀었다.

명 실장과 김 실장은 나보다 나이가 많았다. 나이가 많건 말건 구는 대표라는 직함을 십분 이용해 먹었지만 그것도 여자인데다 아예 어리니까 할 수 있는 일 같았다.

문 대리는 구 대표보다도 어렸다. 게다가 한때 나의 제자였잖아?

원래부터 일찍 못 일어나는 사람이 어딨어. 다들 학교 다녔잖아. 원래 오늘 할 일 내일로 미루는 사람도, 날짜와 시간을 정해서 약속을 잡으면 불안해지는 사람도, 원래 사람 얼굴 못 알아보고 일정 잘 까먹으며, 오늘 마시는 술이 내일의 일에 영향 가게 하는 사람이 어딨어. 그런 사람들이 아티스트가 되는 게 아니라, 아티스트가 돼서 그렇게 변하는 거야.

아티스트는 체질이 아니라 질병이니까.

어차피 모든 게 다 내 할 탓인데 사람 얼굴은 기억했다 뭐에 쓰게? 어차피 살다 죽을 건데 그깟 알바거나 앵벌이거나 한 일 때문에 내가 오늘 술을 못 마셔야 해? 왜?

돈 준대도 싫대, 돈 안 준대도 싫대, 어떤 날에는 존중이 부족해서 불쾌하대, 다른 날에는 아부해서 짜증난대, 오늘

밤에는 예술이 목숨보다 소중하댔다가 내일 낮에는 예술 따위 아무것도 아니라고 말하는, 그 모든 갈팡질팡 엉망진창이 왜 사람 탓이야 예술 탓이지. 나쁜 게 아니라 아픈 거라니까? 아픈 사람에게 간병인이 있는 게 이상하지 않듯이,

아티스트에게는 비서가 필요하다니까?

나도 아티스트니까 비서가 필요해. 내가 항상 까먹어서 삼 개월 치 일 년 치를 한꺼번에 처리하기 일쑤인 월세 및 공과금 처리를 해줄 사람이 필요해. 그리고 그놈의 통장. 나는 공인인증서라는 말만 들어도 호흡곤란이 오는데 입출금 내역은 검색해보면 된다지만 카드 수수료니 영수증 발행이니 세금 계산서 같은 것들은 누가 좀 해줬음 좋겠어. 그런 건 회사 일이기도 하잖아. 개인적으로 바라는 게 있다면 내 일정 관리도 맡아줬음 하는 거야. "이사님, 내일은 열 시부터 회의이고 다섯 시에는 미팅이 있으시니 여덟 시부터는 소설을 쓰실 수 있겠습니다"라든가, "내일은 저 혼자 해도 되는 일뿐이니 이사님은 오늘 술을 양껏 드시고 느지막이 나오셔도 무방하겠습니다"라든가. 어디까지나 본인 일정 확인하는 김에 말이야. 가끔은 미팅할 때 동행해주면 고맙겠어. 난 부하 직원 데리고 다니는 대표님들이 그렇게 멋있어 보이더라. 치사하게 검사는 안 하겠지만 일주일에 한 번 정도는 청소도 좀 해놓고. 휴지나 세정제 같은 비품도 떨어지지 않게 제때제때 사다 놓고. 커피를 탄다거나,

어깨 주물러주기 같은 건 안 시킬 테니까, 응?

하지만 실제로는.

– 라면 박스 좀 구해다 주세요.

일이 있어 오후 한 시쯤 가겠다고 했더니 문 대리가 보낸 문자였다.

"어따 쓰게?"

"종이들 좀 내다 버리게요."

"그냥 버려."

"할아버지가 뭐라고 해요."

"할아버지?"

"건물 관리인이요."

라면 박스를 구해 사무실에 들어갔더니 문 대리가 회의 탁자에 다이어리를 펼쳐놓고 기다리고 있었다. 잠시 숨 돌릴 새도 주지 않고 본인이 파악한 회사의 업무를 먼지 한 톨까지 일일이 물어보며 확인했다. 주객이 바뀌었다는 생각이 들긴 했지만 기특하다고밖에는 할 수 없었는데 예고 없이 2부가 시작되었다.

"그래서 하는 말인데요. 제가 돈 계산을 정말 못하거든 요? 괜히 삥땅쳤단 오해 사기도 싫고요. 돈 관리는 대표님 이 좀 해 주셨으면 좋겠는데요."

"난 대표가 아니잖아."

"선생님이 대표님 대행하셔야죠."

"나도 돈 계산 못해."

"저 돈 계산하면 하루 종일 걸리니까 그동안 이사님이 바이럴 마케팅하시든지요. 아니면 구 대표님한테 해달라고 하시든지요?"

이메일도 스마트폰으로 보내는 애한테 통장 정리를?

"그리고 있잖아요…. 월세, 전기세, 비데 리스 뭐 이런 건 제때 내주세요. 사무실에 전화 오지 않게요. 회사가 어렵다는 느낌을 받으면 직원은 위축돼서 제대로 일하기가 어렵단 말이에요. 법인 통장을 제가 매번 들여다보는 게 절대 좋지 않다니까요?"

경리만 맡아주면 될 것 같은 분위기는 첫날뿐이었다. 문 대리의 '제대로 일하기 위한 조건'은 이제 시작이었다.

"선생님, 아니 이사님."

"응?"

"이 회사는 왜 점심값이 없어요?"

왜냐면 이제 시작하는 회사니까?

"원래 급여도 김 실장님이랑 실수령액으로 얘기된 건데 저기서는 월급으로 잡아서 이십만 원이나 차이 나는 거 아세요? 제가 왜 연봉을 오십만 원이나 깎고 와서 점심값도 못 받아야 해요?"

사실 회계 관련 업무는 삼촌의 비서가 맡고 있었다. 나는 비서에게 전화해 문 대리의 월급 문제를 해결해주었다. 밥값 문제가 남았다.

"점심이 아니라면, 저녁은 어때?"

그 핑계로 나는 한 시에 출근하여, 일곱 시에 저녁을 먹여 연미를 보낸 다음, 여덟 시나 여덟 시 반쯤 들어와 남은 일을 하거나 소설을 썼다. 개인 작업실에서 일할 때는 혼자 밥 먹는 게 스트레스였는데, 적어도 밥 먹을 친구 한 명은 있었으면 좋겠다는 소원은 이룬 셈이었다. 연미가 많이 먹어서 그렇지. 원하는 메뉴가 뚜렷해서 그렇지. 맵고 짜고 달고 신 걸 좋아해서 그렇지.

"아, 엽떡 먹고 싶다."

연미는 당이 떨어지면 오래 지나지 않아 인간이 아닌 어떤 것으로 변신하곤 했으므로, 밥때가 아니라도 음식 이름이 입 밖에 나오면 신속하게 움직여야 했다. 나는 엽떡, 빨봉, 마녀찜닭, 홍닭발 등등의 음식에 생전 처음으로 익숙해졌다. 하지만 달꽃 크레페, 펭귄 마카롱, 각종 브라우니나 케이크가 일으키는 현기증은 여전했다. 왜 같이 먹어야 맛이란 말인가? 상대방의 고통을 보는 게 맛있단 말인가?

문 대리는 알레르기가 심해 하루 종일 기침을 해 댔으므로 나는 작업실 청소를 자주 해야 했다. 복합기의 팩스 기능이 작동하지 않는다는 이유로 폭발한 날도 있었다. 머리를 쥐어뜯으며 으아아아아 소리를 지르고 트램펄린 위에 서처럼 방방 뛰어다녔다. 나는 무선 복합기에 인터넷 전화번호를 등록하는 방법을 알아내느라 새벽 한 시에 퇴근했다. 리스로 쓰고 있는 복합기라 AS기사를 부르면 공짜로 해결된다는 사실은 다음 날에나 알았다.

문 대리는 잘 터졌다. 예고 없이 빵빵 터졌다. 지뢰는 도처에 있었다. 포털 사이트에 전화번호 등록이 되지 않았다. 알고 보니 어떤 업체에서 전화번호를 잘못 등록해놓은 상태였다. 업체 전화번호를 겨우 알아내어 문제를 해결하고 나니 이번에는 주소 등록이 되지 않았다. 이전에 오피스텔을 쓰던 업체가 등록을 취소하지 않아서였다. 문 대리는 법인 서류를 팩스로 보내고 나서 방바닥을 한바탕 굴러다니다가 미친 듯이 증명서들을 보내고 나서는 트램펄린 팡팡을 했다. 좀 괜찮아졌나 싶었는데 몇 분 후 컴퓨터 앞에서 또 빵 터졌다. 이번에는 웃음이었다.

"왜 웃는데?"

"취, 취미 학원. 크크크."

"뭐라는 거야?"

"포털에 업종을 등록해야 하는데, 크크크크크크크크."

"그런데?"

"울 회사가 글쎄, 글쎄, 취미 학원이래요, 취미 학원. 크크크크 크흑 크크."

여전히 웃는 표정으로 이를 악물고 말했다.

"기껏 차별성 살리려고 개지랄을 해놨더니 뭐 취미 학원? 정말 웃기지 않아요? 응? 이렇게 어이없게 사람을 웃길 수가 있어요? 네?"

문 대리의 언성이 높아지고 있었으므로 나는 잽싸게 물었다.

"혹시 엽떡 먹고 싶지 않니? 나가서 사올까?"

연미는 좋은 애였다. 성질이 나쁠 뿐이었다. 그 성질 나쁜 애가 아티스트들과 통화하는 목소리를 들으면, 크레페와 브라우니와 마카롱을 한꺼번에 먹은 듯한 기분이 되었다. 그렇게 먹으면 정말 좋겠다고 말할 사람도 있을 테니 초콜릿에 비빈 밥맛이라고 해두자. "아아, 예, 안녕하세요, 선생님. 여기는 문화발전소의 문 대리인데요, 그동안 잘 지내셨어요?"로 시작하는 낭랑한 목소리는 무서웠다. 전화를 끊고 나면 어떻게 돌변할지 알 수 없기 때문이었다. 제일 무서운 건 천장을 바라보며 한동안 웃을 때였다.

그때마다 나는 가슴을 부여잡고 마음속으로 생각했다.

괜찮아, 일을 잘하니까. 일을 잘하면 된 거야.

문 대리는 이 주 동안의 짧은 시간에, 온라인 마케팅에 쓸 십여 편의 카피와 포스터를 완성했다. 그러는 사이 틈틈이 SNS와 블로그를 관리하고 바이럴 마케팅까지 진행했다.

속 썩이는 아티스트들까지 상대하며.

아티스트들은 착한 사람들이었다. 개념이 없을 뿐이었다. 기억력이 떨어질 뿐이었다. 낮에 보낸 문자 메시지에 새벽이 되어서야 답장을 하고, 대체 이런 게 왜 궁금하지 싶은 질문들을 수시로 보낼 뿐이었다. 지나치게 해맑을 뿐이었다. 이유 없이 우울할 뿐이었다. 세상사에 대략 무관심하면서도 어떤 일들에 대해서는 목숨을 걸고 집착할 뿐이었다. 무모하면서 동시에 소심할 뿐이었다. 비서가 필요한건 내가 아니라 그들이었다. 비서 없는 그들을 어르고 달래고 꼬셔야 하는 문 대리야말로 비서가 필요한 사람이었다.

나는 소설 원고를 포기했다.
지금은 한가하게 소설이나 쓰고 있을 때가 아니었다.

16

왜 이렇게
스릴이 넘치지

〈벗은 몸 후다닥 그리기〉의 신청자가 개설을 며칠 앞두고 무더기로 들어와 삼십 명을 넘었다. 문 대리가 무섭지 않게 웃는 모습을 처음 보았다. 전문가를, 혹은 다른 분야를 타켓팅하라는 나의 지시는 적중했다.

처음으로 연미에게 체면이 섰다.

겪어보지 않은 사람은 모른다. 매일매일 하루에도 몇 번씩 홈페이지에 들어가 보는 마음. 숫자 하나에 살았다 죽었다 하는 마음. 하루 없으면 우울해지고, 이틀 없으면 살맛이 안 나고, 사흘이 없으면 회사가 망하나 보다, 절망감이 드는 마음. 그러다 한 명만 들어오면 걱정이 싹 사라지지. 두 명이 들어오면 연미에게 스시를 사주게 되고, 여러 명이 한꺼번에 들어오면 이러다 대박 나는 거 아니야, 가슴이 풍선처럼 부풀지.

나는 출근길에 건물 앞을 지나며 며칠 후면 누드 크로키 행사가 열리게 될 2층을 뿌듯하게 바라보았다. 베란다 전면에 걸쳐 개방감 좋은 섀시가 달려 있었지만 틴팅이 잘 되어 안이 들여다보이지는 않았다. 이미 시스템이 갖춰진 팀이라 회사에서는 크게 신경 쓰지 않아도 될 듯했다.

건물 관리인을 만나 행사 일정과 성격에 대해 설명하고 원형으로 의자 36개를 놓아 달라 했다. 내친김에 5층에 올라가 보았으나 명 실장도, 김 실장도 없었다. 처음 보는 젊은 남자 한 명이 앉아 있을 뿐이었다. 누구시냐고 했더니 오늘 새로 들어온 직원이라고 했다. 그럼 내가 들어왔을 때 누구시냐고 먼저 물어봤어야지. 나는 그가 마음에 들지 않았지만 첫날이라니까 뭐, 대충 신원을 설명해준 다음 아래로 내려왔다.

〈후다닥 그리기〉는 수요일이었고, 〈우리의 마이크〉는 금요일이었다. 다음 주부터는 누드 크로키와 오픈 콘서트의 사진 및 동영상을 모아 본격적으로 온라인 홍보에 나설 계획이었다.

누구는 공룡 콘서트도 술자리에서 척척 따오는데 나는 고작 서른 명 모이는 행사를, 몇 주 동안 인터넷으로 방문 판매하여 여는 셈이 됐지만 괜찮았다. 너는 위에서 놀면서 와인이나 마셔라. 나는 박박 기면서 죄다 경험할 테니. 너는 거물들을 설득해라. 나는 직원들을 이끌 테니. 몇 년 뒤에, 누가 더 회사에 중요한 인물이 돼 있는지 어디 한번 두고 봅시다.

당일이 되었다. 행사는 여덟 시인데 문 대리는 오후 두 시부터 현장에 가봐야 하는 것 아니냐고 성화였다. 다음 프로그램 준비는 어쩌고? 누드 크로키는 오늘 하루 행사지만 앞으로 열 강좌들은 4주, 8주짜리인데? 매우, 아주 넉넉하게 네 시쯤 나가서 확인하자, 했으나 홈페이지 카드 결제 기능에 문제가 생겨 수정하고 나니 다섯 시였고, 마침 행사를 주관하는 교수님에게 저녁이라도 같이 할 겸 일찍 오셨다는 전화가 왔다. 식사하고 행사장에 가보니 여섯 시 이십 분.

의자가 깔려 있지 않았다.

청소도 돼 있지 않았다.

알아서 잘해놓겠으니 걱정 말라더니 건물 관리인이 잊은 거였다.

1층과 5층에 흩어져 있는 의자들을 죄다 끌어다와야 했다. 내가 도비 노가다를 하는 동안 문 대리는 청소 노가다를 했다. 모델의 맨몸이 닿기 때문에 바닥이 거실 마루처럼 깨끗해야 한다는 거였다. 다음에는 36개의 방위에 맞추어 의자에 번호를 붙여야 했고, 안내 데스크도 만들어야 했으

며, 진행상 필요하다는 빔 프로젝트와 컴퓨터는 설치돼 있어서 다행이었는데,

"선생님, 여기 와이파이가 안 잡혀요."

"글쓰기 강좌 할 때 5층에선 잘 썼잖아?"

"그땐 담당 선생님이 유에스비 가져오셨는데요?"

"그걸 왜 이제 말해? 스마트폰 테더링해."

"여기 건 테더링이 안 되는 구형 노트북인데요?"

"내 건 돼."

문 대리는 나를 물끄러미 바라보고 있더니 말했다.

"뭐하고 계세요? 빨리 뛰어갔다 오셔야죠."

걸어서 십오 분쯤 걸리는 사무실을 오 분만에 뛰어갔다 왔더니 문 대리가 떨리는 목소리로 물었다.

"선생님, 저 앞뒤로 뻥 뚫려 있는 창문들은 뭐죠?"

"밖에선 안 보여. 어제 내가 밖에서 봤어."

"그건 낮이어서 그런 거 아니에요?"

언젠가 사생활 보호 필름을 넣었다고 삼촌이 자랑하던 걸 나는 분명 기억했다. 혹시나 하는 마음에 밖으로 나가본 것이었는데 웬걸, 보호하긴 뭘 보호해 약간 어둡게 보일 뿐 훤히 다 들여다보였다.

앞쪽만 문제가 아니었다. 뒤쪽은 앞쪽만큼 터져 있지는 않았지만 주택가를 마주 보고 있었다. 주택 세 채와 게스트하우스, 그리고 그다지 멀지 않은 곳의 이자카야 건물 테라

스가 아주 잘 내다보였다.

"지금 몇 시지?"

"일곱 시 좀 넘었어요."

"너는 1층에 가서, 아니야, 그게 아니고, 문방구에 가서 전지를, 전지 여러 장을 스카치테이프와 함께 사오도록 해."

"선생님은 뭐 하시게요."

"여기 서서 어떻게 할지 고민할 거야."

"제가 일찍 와보자고 했죠."

"그런 얘긴 나중에 하면 안 될까?"

문 대리가 문방구에 간 사이 나는 뒷마당에 있던 옥외용 엑스배너를 하나씩 하나씩 2층으로 옮겼다. 옥외용 엑스배너는 차라리 사람을 드는 게 가벼울 것 같은 무게였다. 다섯 개째를 옮기며 이걸로는 턱없이 부족하겠다고 생각했는데 그제야 교수님이, "이렇게 좋은 게 있었네?" 하며 창문 한 칸마다 달려있는 블라인드 중 하나를 내렸다.

앞쪽은 해결됐지만 뒤쪽은 블라인드가 없는 데다 계단을 끼고 있어 2층 높이였다. 나는 사람 키 두 배 높이의, 폭으로는 차 한 대가 들어갈 넓이의 창문들 앞에 사다리를 세워놓고 정신없이 전지를 갖다 발랐다. 문 대리가 테이프로는 안 될 것 같다며 도배용 풀을 사오는 바람에 시간이 조금 단축되었지만 며칠 뒤에는 한나절 내내 종이 떼기 및 창문 닦기 노가다를 이탄으로 치러야 했다.

나는 그날 나라는 반면교사에게서 중요한 것을 배웠다. 세상에는 공짜 점심만 없는 게 아니라, 돈만 주고 맡겨 두어도 되는 일 또한 없다는 것. 소설을 퇴고할 때처럼 꼼꼼하게 확인하지 않으면 끝나지 않는 스릴을 맛보게 된다는 것.

"모델분이 사진 촬영은 절대 안 된대요."

"안 야하게 일부만 나오게 하고 얼굴은 모자이크…."

"그렇게 얘기했어요."

"근데 뭐가 문제야 또?"

"아, 왜 저한테 화를 내세요. 제가 싫댔어요?"

"알겠어. 그럼 수강생 인터뷰로 돌려."

"선생님이 직접 하세요. 저는 책임 못 져요."

"촬영까지 나보러 하란 말이야? 지금 땀범벅 된 거 안 보여?"

"누가 촬영을 못하겠대요?"

문 대리는 한숨을 푹 쉬더니 말했다.

"개인정보 활용에 관한 동의서는 만들어 오셨고요?"

기껏 바닥을 유리처럼 닦아 놨더니 모델은 조립식 매트 가져와 깔아, 사람들은 번호표 무시하고 아무 데나 앉아, 미술 선생님은 USB를 챙겨왔어, 이럴 줄 알았으면 일찌감치 창문이나 막을 걸 괜히 헛고생했네, 하는 생각이 들만도 했건만 본격적으로 행사가 시작되자 문 대리와 나는 서로를 드문드문 바라보며 웃고 있었다. 우리는 입구의 급조된 데스크에 앉아 있어서 행사가 보이지도 않았는데도 자꾸 웃음을 흘렸다. 문 대리가 아름다운 풍경 앞에 앉아 있는 사람처럼 말했다.

"좋네요."

"그러게."

"이런 맛에 하는 거였군요."

"그러게."

"중독될 것 같은데요?"

"내 말이."

17

나는
실무자가 아니야

교수님이 직접 촬영을 해주셔서 행사 사진을 확보할 수 있었다. 평생 혼자 그림을 그리셨다는, 멀리 대구에서 올라오셔서 대상을 받은 할아버지, 친구가 하도 부탁해서 민망한 걸 무릅쓰고 따라왔으나 푹 빠져 버렸다는 남자 회사원, 미대에 다니고 있으나 평소에 누드 그릴 일이 많지 않아 자주 열렸으면 좋겠다는 여학생 세 명의 후기가 인터넷에 올라왔다. 동의를 얻어 회사 페이스북 페이지에 공유해 놨더니 좋아요와 댓글이 사정없이 달렸다.

설문지 최종 평균 만족도는 97점. 페이스북 페이지 일일 콘텐츠 도달 수 1000건 초과, 무엇보다, 언제 또 하느냐는 문의 전화가 잇달았다.

이제 〈우리의 마이크〉를 필두로 콘텐츠 몇 개만 더 터져 주면… 이라고 생각했는데 행사가 취소되었다는 명 실장의 보고가 있었다. "혹시 모르고 계신 건 아니죠?"로 시작된 문자 메시지는 "알고는 계셔야 할 것 같아서요"로 끝났다. 계약서까지 다 진행된 일이었는데 왜? 몇 달 뒤에 안 사실이지만 행사장 시설이 방송 콘텐츠 제작에 부적합하다는 판단하에 〈월드 퍼커션〉의 발주사가 계약을 파기한 것이었다. 월드 퍼커션은 발 빠르게 움직여 〈문화발전소 지구별 착공식〉이라는 새로운 행사를 만들었으나, 인지도 없는 콘서트에 사람이 많이 올 리 없었다. 관객보다 퍼커션이 더 많았고, 스무 명 남짓의 관객조차 구 대표의 지인들이었다.

일은 아이와 같아서, 잠깐만 눈을 돌려도 어떻게 될지 모르는 거였다. 아무리 크게 될 아이라도 조기 사망하면 아무 소용없지.

구 대표는 홍보도 제대로 하지 않았다. 당일의 공연 동영상조차 내가 사정하다시피 달라고 하여 페이지 및 블로그에 업로드했으니까.

물론 구 대표에게는 좋은 핑계가 있었다.

"계약 따러 다니는 년이 어떻게 실무까지 해. 처음부터 나는 실무에는 관여 안 한다는 조건으로 들어온 거라고요."

결국 본인이 높다는 건데 "년"이라는 호칭을 붙여 균형을 잡는 센스. 실무 따위 하지 않는다는 말을 "관여 안 한다"로 슬쩍 바꿔서 잡힐 꼬투리를 두지 않는 묘수.

구는 절대로 허드렛일을 하지 않았다. 구뿐만이 아니었다. 글쓰기 강좌를 할 때도 누구 한 명 책상과 의자를 갖다 놓는 사람이 없었다. 어떻게 하나 보려고 내버려 두었더니 강의 전날 오후가 되어서야 명 실장이 나에게 말했다.

"아무도 신경 쓰지 않기에 저희가 다 갖다 놓았습니다."

"저희라니요?"

"김 실장과 저 말입니다."

"뭘 말입니까?"

"글쓰기 강의에 쓸 의자와 책상이요."

"아 네, 제가 오늘 저녁에 갖다 놓으려고 했는데. 감사합니다."

칠판도, 빔 프로젝트도, 휴대용 스크린과 노트북도 없었다. 나는 내가 하나하나 구해놓은 그것들이 제대로 작동하나 실험해보면서, "아무도 신경 쓰지 않기에"라는 말에 대해 생각했다.

한 달 전 명 실장의 걱정 목록 중에는 "현장 직원이 필요하지 않을까요?"도 있었다. 건물에서 강의실 세팅을 하고, 선생님을 서브하고, 혹 발생할 수도 있는 여러 가지 상황에 대처할 직원이 필요하지 않겠냐는 거였다. 그렇지 않으면 "결국 노 작가님이랑 제가 현장 관리까지 다하게 될 거"라는 거였다. 그때 나는 명 실장의 눈동자 속에서 '현장'에 대한 공포를 보았다. 나로서는 '현장'이라는 용어 자체가 납득이 가지 않았다. 무슨 건설 현장인가? 화공약품 쓰는 생산 라인이라도 있어?

명 실장은 대기업을 다니다 나이가 오십이 된 사람이었다. 부장급까지 직책이 올랐을 거였다. 가방 하나 드는 것도 직접 하지 않았을 가능성이 높았다. 책상이나 의자 놓는 게 좋을 리 없지. 어렵고 힘든 일이어서가 아니라, 부서의 막내들이나 하는 '허드렛일'이니까. 그렇게 내가 저질렀던 잘못이 반복되는 거였다.

막내인 문 대리는 바쁘니까 나한테 시키고, 나는 하기 싫으니까 건물 관리인한테 시키고, 건물 관리인은 나한테 월급 받는 거 아니니까 까먹어 버리고….

나는 친구들을 떠올려 보았다. 현지나 밤비가 허드렛일을 할까? 안 한다. 아티스트가 할 일이 아니기 때문이다. 하지만 건물주인 헌승은 한다. 예전에 친구들과 음악 바를 만들 때도 사람 쓰는 걸 반대했다. 우리가 직접 할 수 있는데, 왜 쓸데없이 돈을 날리냐는 거였다.

헌승은 상표값 하는 물건도 사지 않았다. 헌승에게 명품을 산다는 것은 나보다 더 부자인 사람들한테 속아 가난해진다는 뜻이었다. 현지는 명품을 좋아했다. 자신은 그만한 물건에 디줠브(deserve)한 인간이라고 말하고는 했다. 디자인에 대해 아무것도 모르면서 단지 남들이 좋다니까 사는 것들이나 된장녀 소리를 듣는 거라며.

모두가 자신이 높았다. 높은 사람들이라서, 의자 하나 나르는 일에 자존심이 들락날락하는 거였다. 덕분에 들락날락하는 건 자존심뿐만이 아니었다.

문을 연 첫 주에 주말 매출 천만 원을 달성한 수작이 두 번째 주가 되자 휘청거렸다. 오픈 버블인줄 알았더니 아니었다. 야외 프리마켓이 문을 닫을 때라 작가들이 몰려들 거라는 삼촌의 예측과 정반대로, 작가들이 줄어든 게 문제였다. 구가 여기저기 연락을 취해보더니 말했다.

"죄다 휴가를 갔네, 휴가를 갔어."

삼촌은 돈도 없는 것들이 왜 바가지 시즌에 휴가를 가냐며 길길이 뛰었다. 왜긴 왜야, 가을이 되면 장사가 피크라서 못 노니까 그렇지. 돈도 없는데 그럼 겨울에 하와이 가겠어?

수공예 작가들은 쏠림이 심했다. 남이 빠지면 나도 빠지고, 남이 가면 나도 가는 성향을 갖고 있었다. 처음에는 각자 생각이 달라 통일이 안 되지만 일단 대세가 기울어지면 집단으로 움직였다.

하지만 수작의 출발에 직격탄을 날린 것은 노마와 마농의 탈퇴였다. 휴가 간 작가들이 돌아오리라고 기대했던 세 번째 주였다. 매일같이 작가들이 와서 창고에서 짐을 빼갔다. 구 대표가 설득하고 또 설득했지만 작가들은 난감한 표정을 지을 뿐이었다. 몇 명은 개인적으로는 여기서 일하고 싶지만 오빠 언니들의 결정을 거스를 수 없으니 노마와 마농을 설득해 달라고까지 했다. 삼촌과 구는 노마와 마농을 너무 얕봤다. 노마와 마농은 힘에 굴복한 게 아니라 제대로 '빅엿'을 날리게 되는 그날까지 참고 견딘 거였다.

MD들이 월급을 받으면 MD는 생활이 안정돼서 좋아, 작가들은 MD에게 따로 수수료를 떼지 않아서 좋잖아. 자릿세를 내거나, 자리를 사고파는 일도 없어질 테고. 중간에 새는 돈을 모아 모두의 지붕을 만들자는 게 왜 나빠? 힘을 모아 덩치를 키우지 않으면 계속 개미 사냥의 희생물이 된다는 걸 왜 몰라? 개미가 뭉치면 사마귀도 잡아먹지. 바퀴벌레가 침범하지 못하는 개미만의 국가를 건설할 수 있지, 라는 건 우리들 생각이고.

작가들의 70퍼센트는 노마와 마농의 손을 들어주었다.

삼촌은 긴급회의를 모집했다. 수작을 당분간 위탁판매 형태로 운영한다는 지침을 밝혔다. 김 실장은 수공예품의 대규모 구매를 추진하기로 했다. 구는 주변 상점들의 물건을 소매가로 매입했다. 명 실장은 이태원 등지에서 위탁판매 상품을 꽤 많이 맡아서 가지고 왔다. 그럭저럭 구색은 갖추어진 것처럼 보였으나 매출은 떨어졌다. 반면 사람들의 발길을 들이려고 앞쪽을 훤히 열어놓느라 냉방 비용은 치솟은 모양이었다. 문을 닫아놓으면 사람들은 잘 들어오지 않았다. 삼촌의 건물은 물건을 싸게 팔 것 같은 이미지가 아니었다. 그에 비해 언제든지 재배치할 수 있는 인테리어는 허접했다.

나의 실수는 문화발전소의 중요한 사업을 수작에 걸어놓은 일이었다. 다른 사람 손에 내 목숨을 맡길 수 없듯이, 다른 것에 의존하는 프로젝트는 만들지 말아야 한다. 처음에만 도움을 받고 점차 독립하면 된다고 생각하지만 의존으로 시작한 일은 결코 의존에서 벗어나지 못한다.

수작이 성공할 것으로 믿고 진행하던 일들이 많았다. 수작을 찾아오는 사람들에게 문발의 프로그램을 알리기 위해 엽서를 제작했다. 수작과 공동으로 포인트 적립 시스템을 만들었다. 수작 작가들에게 맡기면 된다고 생각해 원데이 클래스 프로그램은 준비해 놓지도 않았다.

나는 삼촌에게 문발과 수작의 분리를 요구했다. 명 실장도 데려오겠다고 했다. 삼촌은 안 된다고 했다. 문발이건 수작이건 김 실장이 핸들링해야 한다고 했다. 문발의 사업은 점진적으로가 아니라 어느 날 갑자기 폭발적으로 증가할 것이다. 그때에 대비하려면 너 혼자서는 안 된다. 전문가의 도움을 받아야 한다. 그리고, 두 사람이 회의를 할 때는 꼭 문 대리를 대동해.

김 실장의 히스테릭한 반응에 비하면 일방적인 명령만 던져놓고 삼촌이 나가버린 건 놀랍지 않았다.

"아니 대체 왜 문발을 노 작가님한테 맡기면 안 된다는 건지 모르겠네?"

김 실장은 짜증스럽게 말하더니,

"노 작가님은 싸워야 할 때도 싸우지 않으시는군요? 좋은 게 좋은 거다?"

공격의 화살을 나에게로 돌렸다.

"저는 아티스트들 알지도 못하고요, 예술 강좌에 대해서는 더더욱 모릅니다. 노 작가님이 벌이신 일은 노 작가님이 책임을 지셔야 하지 않을까요?"

너 왜 또 함경도 억양 없어진 거니.

"수백 개를 목표로 B2C를 주장한 사람은 김 실장님 아닙니까? 잘 알지도 못하시면 애초에 왜 하자고 하셨습니까?"

김 실장은 순식간에 '습다체'를 회복하더니 말했다.

"저는 끌어내는 사람이지 끌어가는 사람이 아닙니다. 클라이언트의 장점을 대신 발견해줄 수는 있지만 클라이언트의 재능을 제가 대신 발휘할 수는 없다 이 말입다. 제가 관리하고 있으면 노 작가님의 노하우와 네트워크가 제 것이 됩니까? 날카로운 비평가라고 해서 좋은 소설을 쓸 수는 없는 것과 같은 이치 아니겠슴꽈?"

그래서 네가 관리한 리스크가 대체 뭔데, 라는 뜻으로 나는 한동안 김 실장을 노려보았다. 김 실장은 내 눈빛을 피했지만, 그렇다고 나를 노려보지 않았던 것은 아니었다.

18

필망의
법칙

〈모두의 마이크〉에 이어, 〈한강변 축제〉에도 문제가 생겼다.

명단에 이름을 올렸던 작가들이 우르르 참가를 취소했다. 수작 오프닝이 해프닝이 된 게 이유인 줄 알았더니, 물이 가까운 곳에서는 물건이 팔리지 않는단다. 업계의 불문율이란다. 그렇지 않더라도 한강 축제는 물건이 안 팔리기로 유명해 몇 년 전부터 작가들이 안 갔단다. 명색이 축제인데 구색은 맞추고 싶고, 그런데 작가 모집은 안 되니까 회사에 맡기자는 얘기가 나온 건데 그걸 구가 덥석 물어온 거였다.

구는 인맥을 총동원하여 졸속 프리마켓을 열었고 결과는

적자였다. 인맥이라고 해야 평소에 같이 술 먹는 어린 아티스트들이었으니 당연한 결과였다.

삼촌은 술을 잔뜩 먹고 단톡방에 "내 탓이오, 내 탓이오"를 반복하더니 급기야 SNS에 비장한 각오를 올렸다. 이렇듯 작은 일에 능력 부족을 드러내는 것은 아무래도 초심을 잃었기 때문이니,

밑바닥부터 다시 시작하겠다는 거였다.

삼촌은 수작 안에 남겨놓은 숍인숍 카페에서 에스프레소 머신으로 커피 내리는 방법을 배웠다. (그게 밑바닥이랑 무슨 상관인지.) 임원들에게 커피를 서브하며 사업은 섬기는 마음으로 하는 거라는 잠언까지 날리셨다.

두 번째 프로젝트는 작가들을 직접 면담하겠다는 거였다. 거래 중인 작가뿐만 아니라 거래했던 작가까지 모두 만나 적나라한 비판을 듣고 겸허하게 수용하겠다는 거였다. (그게 밑바닥이랑 무슨 상관인지.)

삼촌은 작가를 만나고 올라와 베란다에서 소리를 지르는 경우가 잦았으며, 모르면 대답이나 하지 말든가 작가의 질문에 요율이나 제도 따위를 잘못 이야기하여 다른 사람들이 해명을 하는 데 시간을 쓰게 만들었다. 모든 일이 다 그렇지만 해명하는 데 시간이 훨씬 더 많이 들어간 것은 물론이었다. (뭔 놈의 밑바닥이 이렇게 손이 많이 가는지.)

잠언 날리고 멋있는 척하기는 조카나 참아주는 거지, 작

가들은 보통 픽, 하고 웃는 정도였지만, 일부는 말뜻을 오해해서 관두겠다고까지 했다. 사실 오해랄 수도 없었다. "언제까지 푼돈 장사하실 겁니까. 우리와 함께 최고의 브랜드로 성장하셔야죠"라든가, "정말 훌륭한 일 하십니다. 저는 평생 손으로 하는 일을 해본 적이 없어서" 따위는 살해당하지 않은 걸 다행으로 여겨야 할 발언이었다. 삼촌은 잘 보이려고 하면 할수록 실수하는 타입이었다. 단 하나, 표현력 하나만큼은 밑바닥 되기에 성공적이었지만.

명 실장은 스스로 프로젝트 실패를 선언했다. 자신이 맡겠다고 가져간 글쓰기 수업 하나도 말아먹었다. 아줌마 및 간호사 프로젝트만 믿고 아무런 마케팅도 하지 않은 탓이었다. 광고는 다양한 매체를 통해 여러 번 노출되는 게 중요했다. 백 명이 꽂히면 열 명이 망설였고 그중 실제 구매자는 한 명꼴이었다. 천 명을 설득해야 열 명 모객이 될까 말까 하다는 얘기였다.

모두들 말만 앞섰지 마침표를 찍는 사람이 없었다.

구는 건수만 잡아오고 도망가고, 삼촌은 다시 시작하자는 말만 반복했다. 시작은 결코 절반이 아니었다. 일은 뒤로 갈수록 훨씬 어려워진다. 끝까지 완수한 사람에게 박수가 가야 맞는데, 일을 하나도 안 한 사람이 아이디어를 냈다는 이유로 공을 독차지한다? 직원은 열심히 일하지 않을 것이다. 아무렇게나 일해도 위에서는 모른다. 아이디어만

내는 사람이 일에 대해 뭘 알겠는가?

자신도 할 수 있는 일만 직원에게 시킬 수 있다. 대가는 아랫사람에게 돌리고, 책임은 윗사람이 져야 한다. 그래야 이윤이 난다. 사실은 의존하고 있으면서 상생이라고 하지 마라. 홀로 설 수 있어야 같이 갈 수 있다.

나는 수작이 성공할 것이라는 전제하에 문발의 마케팅 전략을 세웠다. 삼촌은 노마와 마농이 수작을 떠나지 못할 것이라는 판단하에 대안을 마련해놓지 않았으며, 구는 이미 자리를 잡은 콘서트의 등을 타고 험하디 험한 마케팅의 강을 공짜로 건너려다 물에 빠졌다. 명 실장은 아줌마 프로젝트가 성공하리라고 믿어버린 다음, 그들을 강연 강좌에 꽂아 넣으면 된다고 쉽게 생각했다. 낙관한답시고 얕잡아 보면 필망이었다. 최악의 경우를 예상한 다음 그래도 완주할 수 있다는 자신감이 생기면 그게 긍정 마인드였다. 그렇지 않으면, 동고동락이 아니라 공도동망의 구도가 만들어지는 거였다.

김 실장이 일을 안 하기 시작한 건 당연했다. 매일 외근을 한답시고 나타나지 않았다. 명 실장은 두 번째 프로젝트를 〈외국인 관광〉으로 정하더니 여행사 미팅을 다니기 시작했다. 회사가 고장 나 있었다. 이윤이 생길 곳은 없는데 한 달에 천만 원씩 인건비가 나가고 있었다. 삼촌은 김 실장과 명 실장에게 퇴사를 부탁했다.

　명 실장이 면접을 보러 와서 "뼈를 묻고 싶다"고 했던 것을 친구에게 말한 적이 있었다. 아무것도 없는 회사에 선뜻 와주셨으니 잘되면 지분을 드리는 게 맞는 것 같기는 한데 걱정과 불안이 많아서 걱정이라고 했었다. 몇 년 전 모바일 게임회사 창업에 성공한 친구는 그럴 일 절대 없으니 걱정 말라고 했다.

　"왜? 사업이 성공할 일이 없을 테니까?"

　"처음에는 다 끝까지 같이 가자고 하지. 하지만 그랬다간 너네는 망한 회사다."

　"어째서?"

　"창업을 할 때는 그때그때 필요한 직원이 따로 있는 거야. 준비할 때 필요한 직원, 시작했을 때 필요한 직원, 이윤을 내기 시작했을 때 필요한 직원이 다 다르다."

　나는 친구의 그 말에 의지해 직원을 해고한 죄책감을 씻으려 했다. 그냥 내버려뒀어도 스스로 말끔히 씻겨 내려갔을 죄책감을.

　사업에 부침이 있는 건 당연하지만 문제는 돈에만 마이너스가 존재하는 게 아니라는 사실이었다.

19

다 똑같은
사기가 아니야

어느 날 내가 의논할 게 있어 가까이 다가갔을 때 김 실장은 자신의 아이패드를 슬그머니 꺼버린 적이 있었다. 바로 껐으면 사생활이겠거니 했을 텐데, 천천히 한 템포 쉰 다음에 껐다. 애인과 통화하다 아내에게 들킨 사람처럼. 그럴 때 서둘러 전화를 끊으면 오히려 의심을 사게 되지.

어느 밤 내가 왜 이렇게까지 열심히 일하냐고 물었을 때.

김 실장은 "제가 그만두면 몇 명의 일자리가 사라질 뿐이지만, 열심히 달리면 수많은 사람들이 일자리를 얻을 수 있기 때문"이라고 대답했다. 나는 그 말에 쉽게 감동할 게 아니라 "수많은 사람들"이 누구냐고 물었어야 했다. 아무리 계산해봐도 문발에서 창출할 수 있는 고용은 열 명 남짓이었다. 그것도 강연 강좌 프로그램이 백 개, 이백 개씩 돌아가는 회사로 성장했을 경우였다.

화가 한 분을 배웅하는 엘리베이터에서 김 실장, 명 실장과 마주친 적이 있었다. 문이 열리고, 서로 위치를 바꾸는 동안, 나는 이분은 아무개 화가님입니다, 이분들은 저희 회사 실장님들입니다, 신속한 소개를 했다. 김 실장은 나를 향해, "정말 많은 분들을 아시는 것 같아요"라고 말했으나 나는 입구를 향해 걸어가느라 이미 고개를 돌린 상태였다. 그런데 엘리베이터 문이 채 닫히기 전의 그 짧은 동안 김 실장은 한 번 더 말했다. 옆에 있는 명 실장에게 하는 말이라기에는 목소리가 좀 컸다. 엘리베이터 문이 닫혔고, 나는 화가와 입구를 향해 걸어 나가며 말의 시작보다 끝이 더 빨랐다고 생각했다. 단 한 문장에 불과했지만 김 실장은 분명 점점 더 빨라지는 박자로 변 실장에게 말했다. "노 작가님 인맥이 저엉말 대단하신 것 같지 않…"

타이밍에 강한 사람들이 있다. 지나가듯 말해도, 상대방 기억에 남을 순간을 아는 사람들.

김 실장이 관둔 며칠 뒤, 문 대리가 홈페이지 기본 설계를 하는 데 필요하다며 로고를 달라고 했다. 내 컴퓨터에 저장돼 있던 로고를 이메일로 보냈더니 인상을 썼다.

"이게 뭐예요?"

"로고 달라며?"

"원본 없어요?"

"그게 원본인데?"

문 대리는 크게 한숨을 쉬더니 느릿하게 말했다.

"이게 원본이라면, 우리는 모두 레고로 만든 세상에 살고 있나 보아요."

로고는 가짜였다. 명함에 조그맣게 들어가는 거라면 모를까, 웹이나 모바일용으로 쓰기에는 해상도가 터무니없이 낮은데다 애초에 폰트로 작업한 거라 디자인이라고 부를 수조차 없다. 이걸 백칠십만 원이나 주고 사다니, 그렇게 길바닥에 돈 버리실 거면 선생님 차라리 저 주시면 안돼요?

홈페이지 등록도 엉망으로 돼 있었다. 바로잡는 데만 꼬박 이틀이 걸렸다. 홈페이지 기본 계획이라는 것도 겉만 번지르르한 엉터리였다. 기본적으로 어떤 프로그램을 쓸 것인지, 화면 구획과 구동 방식, 기본 컬러와 포인트 컬러의 색상 번호 등이 있어야 하는데, 그냥 파워포인트로 그럴듯하게 흉내만 낸 쓰레기였다. 업체에서 제작 기간이 길어지는 건 당연했다.

수작 때문에 바빠서 그랬겠지, 했다. 사람은 완벽할 수 없으니까.

수작에 일이 터진 건 김 실장이 관두고 삼 일째 되는 날이었다. 포스에 바코드 등록이 엉망진창으로 되어 있어 정산을 할 수 없다는 보고가 있었다. 김 실장이 섭외한 수작의 홈페이지 업체는 웹 전문 업체가 아니라, 종이 광고를 주로 하는 PR 대행사였다. 수작의 홈페이지는 조금만 잘못하면 이미지가 날아가거나 엉뚱한 곳으로 옮겨가는 이상한 게시판을 가지고 있었다. 김 실장의 지인인 오프라인 매장 총괄 MD는 김 실장이 관둔 그날 사직서를 냈다. 김 실장은 외부 미팅을 많이 하는 편이었는데 결과적으로 김 실장이 수작에 데려온 작가는 한 명도 없었다. 대체 누구를 만나고, 누구와 비즈니스를 한 것일까?

만든 문서도 계약서 몇 가지 빼고는 없었다. 수많은 사람들의 일자리를 창출하겠다는 사람이 아무런 정책도 마련해 놓지 않았다. 정책도 없는데 세부 매뉴얼이 있을 리가. 바코드 관리는 물론이고 재고 정리도 할 수 없는 시스템이었다.

직원에게 일할 시간을 주라는 나의 말에 삼촌이 했던 말이 떠올랐다.

"바쁘기는 젠장, 나는 김 실장이 일하는 걸 본 적이 없다."

왜 김 실장이 아이패드 화면을 꺼버렸는지 알 것 같았다. 왜 나를 칭찬하는 말을 전달하고자 노력했는지도. 부문을 잘못 선정하기는 했지만 김 실장은 내가 삼촌에게서 칭찬받고 싶어 한다는 사실을 간파한 거였다. 삼촌이 단기적인 이익과 장기적인 이익을 동시에 추구할 사업을 찾고 있음과, 장 선생님이 '생태적'이고 '사회적'인 기업 같은 것에 관심이 많다는 것도 미리 계산했겠지. 그래서 삼촌에게는 건물을 활용할 방법을 제시하고, 장 선생님에게는 동물 보호에 관심이 많은 캐릭터를 연기했겠지.

상대방이 원하는 것을 아는 사람, 그리하여 입속의 혀처럼 구는 사람.

엑시구아라는 기생충이 있다. 물고기의 혀를 먹어치우고 혀 역할을 대신해서 유명해진 녀석인데 물고기 입속으로 들어오는 양분 중 절반을 가로챈다고 했다. 하지만 녀석이 없어지면 물고기는 먹이를 제대로 삼킬 수 없게 되어 굶어 죽는다지.

김 실장 후폭풍의 종지부는 고소 사건이었다. 수작과 수작의 자매 회사 문화발전소는 부당 해고 행위로 고소를 당했다. 김 실장이나 명 실장이 고소를 한 거냐고? 그 경우는 해고의 사유가 정당하므로 해당 사항이 없다. 그럼 누가?

언젠가 사무실에서 잠깐 보았던 남자 직원. 김 실장이 뽑았으나 삼촌이 고용권은 자신에게 있다고 취소했던. 단 하루 근무했고, 한 일은 아무것도 없는 그 젊은 남자가 부당 해고 건으로 우리를 고소하여 270만 원에 달하는 보상금을 요구한 거였다.

몇 달 뒤, 그 젊은 남자는 김 실장의 지인인 것으로 밝혀졌다.

20

여우 위에
곰

김 실장의 퇴사와 함께 수작은 혀를 뽑힌 셈이 되었다. 수많은 항의가 들어오고 문제점이 발생했지만 어떻게 된 일인지 아는 사람이 없었다.

삼촌은 수작의 영업 정지를 선언했다.

문화발전소에 대한 고소가 무효가 된 건 아니었다. 고용계약서에 수작의 직원은 자매 회사인 문화발전소의 업무에 협력할 수 있다는 내용이 있었다. 노동법 위반으로 고소당할까 봐 마련한 조항이 도리어 화근이 되었다. 270만 원을 고스란히 물어주거나 소송에 응해야 할 모양이었다. 돈도 돈이지만 가뜩이나 바빠지는 와중에.

삼촌이 아이디어를 냈다. 문화발전소를 '휴업'하고 당분간 본인 소유의 법인에 매달자는 거였다. 휴업하면 해고 건에 대한 책임을 질 필요가 없는 대신, 육 개월 동안 '문화발전소'라는 상호를 쓸 수 없다. 대신 내가 제안했던 상호인,

C-plant(씨플랜트)로 가자는 거였다.

이름 바꾼 게 뭐라고 임원들이 부지런한 시늉을 했다. 수작을 말아먹고 여행차 중국에 갔다가 돌아온 삼촌은 씨플랜트에 자신의 여생을 바치겠노라 선언했다. 아이디어들이 쏟아져 나왔다.

"S대 퇴직 교수님들을 초빙하는 게 어떨까?"

"타깃은요? 오십 명은 모아야 할 텐데?"

"사업하는 사람들은 S대 하면 껌벅 죽어. 나이 든 사람들일수록 선호하고."

"이십 명 이상 조찬회 모임 물어오고 호텔 등으로 장소 협찬하고요."

"물론이지."

"뚫어야 하는 곳이 세 군데네요. 여섯 명이나 되는 선생님은 제가 섭외한다치고, CEO 조찬회는 누가 영업하실래요?"

"콘텐츠만 좋으면…."

"호텔 영업은 누가 하고요?"

"너는 무슨 말만 하면 생각해보지도 않고…."

"그게 아니라 저 혼자 생각을 해서 문제인 거겠죠."

이 대목에서 문 대리는 풋, 하고 웃음을 터뜨렸다.

"글쓰기 시리즈를 하자. 분야별 글쓰기를 모두 모으는 거야."

"스타 강사들 종합 선물 세트를 만들고 싶으시군요."

"그렇지."

"분야를 여러 개로 나누면 마케팅에 여섯 배의 노력이 들겠군요."

"팬덤이 형성돼 있으니 신청자가 여섯 배로 늘어날 수도 있지."

"그건 그 선생들이 다른 데서 수업을 안 할 때 얘기고요."

삼촌은 쉽게 지치는 사람이 아니었다. 관심도 열정도 많지만 집착도 센 성격일 뿐이었다. 연애에 비유하자면 여자가 자주 바뀌지만 절대 한 명만 사귀는 스타일이랄까. 수작이 망했으므로 삼촌은 건물 문제를 해결해야 했다. 임대를 주면 될 일이었지만, 삼촌은 쉽게 지치는 사람이 아니었다.

'이태리 야시장'이 돌아왔다. '브라질 야시장'으로 국적이 바뀌어서. 곧 죽어도 똑같이는 안 하겠다는 걸 보면 여든까지 갈 아티스트 근성이기는 했다.

장 선생님은 국가사업을 물어오셨다. 제주시청에 있는 후배를 만났는데, 곧 제주시에서 거리 조성 사업을 할 거라면서 스토리텔링을 부탁했다는 거였다. 장 선생은 이 프로젝트가 씨플랜트를 중흥시킬 소중한 기회라고 판단하여,

임원들이 답사를 오기를 바란다는 것이었다. 그런데 왜, 나는 빼고 삼촌과 구에게만 동행을 요청하는 건데?

나는 장 선생님에게 전화해서 예전에 대학원 다니면서 진행했던 어느 지방 도시의 거리 조성 사업에 대해 설명했다. 말이 아이디어 제공이지 본격적인 설계에 들어가면 설치물, 배치, 라이팅 등등 시공사를 전부 우리가 섭외해서 제안서에 통합해야 한다. 벤치마킹 사례 조사는 필수이기 때문에 지방 곳곳을 돌아다니면서 사진을 찍어야 할 것이다. 조명업체에서 캐드(CAD)에 넣고 돌릴 삼차원 축적도를 요구했던 얘기, 이미지 하나 잘못 갖다 썼다가 만화 거리를 만든 도시로부터 몇 천만 원짜리 소송을 당할 뻔한 얘기까지.

"보통 그런 사업에 들어가는 제안서가 적어도 백 페이지인데요, 회사는 바빠서 초벌 원고를 만들 여력이 없습니다. 선생님이 만들어주시면 회사에서 정리는 해놓겠습니다."

장 선생님 생각이야 단순했다. 회사에 그럴듯한 프로젝트 건수 하나 소개해주고 본인은 공짜 여행이나 다니겠다는 거였다. 제주시 직원 접대는 회사에서 하고, 덩달아 본인도 함께 접대를 받고. 그나저나 당신에게 회사는 왜 항상 1인칭이 아니라 3인칭인 겁니까.

구는 본격적으로 댄스 강좌를 열 계획이라고 했다. 라틴댄스를 하나씩 늘려나가 라틴댄스 월드를 만들고 싶다는 거였다.

"홍대에는 이미 라틴댄스 하는 데가 많잖아?"

"전부 다 하는 데는 없잖아."

"혼자서 어떻게 다 해?"

"에이, 선생들 데리고 와야지."

"그 선생들은 왜 우리 회사에서 한대?"

홍대 라틴댄스 학원 및 클럽이 한 종목에 특화된 이유는 보통 사람들은 한 가지 춤만 추기 때문이고, 종목이 여러 개가 되면 관리 감독이 어렵고 커뮤니티 형성이 쉽지 않으며, 무엇보다 연습실 및 바(bar)를 겸해야만 임대료를 맞출 수 있기 때문인데, 삼촌의 건물은 여러 가지 면에서 이런 조건과 맞지 않는다고, 나는 왜 구에게 대놓고 말하지 못하는 것이었을까?

"우리한테는 월드 퍼커션이 있잖아. 스피커로 틀어 놓는 거랑 생음악 들으면서 하는 거랑은 천지차이지."

또 그놈의 월드 퍼커션이니, 또? 언제까지 남의 도움을 받을 수 있다고 생각하니? 걔네가 핵심이면, 걔네가 떠나는 순간 이 사업도 망하는 거야. 걔네한테 정당한 대가를 지불하면 타산이 안 맞을 테고. 나는 이 말도 구에게 하지 못했다.

나이도 어린애한테, 대체 나는 왜 이러는 것일까?

"알겠어, 한번 해봐 그럼."

"오케이, 선생들이랑 미팅 잡은 다음에 알려줄게?"

"그래, 며칠 전에 미리 전화해."

구는 어느 날 갑자기 전화했다. 사무실에 나타난 선생들은 구가 뭘 하려는지 제대로 알고 있지도 않았다. 구는 나에게 말한 것에서 한발도 나아가지 않은 얘기를 반복한 다음, 미팅이 또 있다며 자리에서 일어섰다. 한 명 한 명 둘러보며, 얘기 잘해요, 조만간 또 봐요, 하는 인사만 남긴 채. 나와 문 대리와 두 명의 댄스 선생은 한동안 시선만 이리저리 돌렸다. 선생 중 한 명이 문 대리와 나를 조심스럽게 살피더니, "그러니까, 댄스 아카데미를 차리시려는 게 맞죠?" 하고 물었다.

며칠 뒤, 구의 친구가 맡은 〈맨즈 요가(Man's Yoga)〉 강좌가 개설되었다. 모집된 인원은 삼촌과 삼촌의 동창, 두 명이었다. 네 명이 손익분기였으므로 적자였다. 〈커플 요가〉는 한 명도 모객되지 않았다. 덕분에 적자는 면했다.

〈애인과 함께 하는 바차타〉는 구가 취소했다. 남자만 두 명 등록했다는 얘기는 빼놓고 회사에서 모객을 제대로 해주지 않아 본인 인건비도 안 나올 판이어서 접었다고 했단다.

〈몸과 지성〉을 첫 시즌 테마로 잡았는데, '몸'이 다 날아가 버린 거였다.

삼촌은 남친과 헤어진 탓이 크지 않겠냐고 했다. "공사 구분은 해야죠?" 했더니 오래 사귀지 않았냐고 했다. 남친은 최근 실적이 나쁘지 않은 엔터테인먼트 회사 대표였다. 남친이 임대한 빌딩 지하를 댄스 학원으로 쓰고 있었는데 얼마 후엔 그곳에서도 나와야 한다고 했다. 기존 회원들을 데리고 와서 씨플랜트에서 하면 될 것을 구는 굳이 지인의 카페를 빌려 춤 강좌를 진행했다. 이유야 뻔하지. 회사에서 하면 5 : 5로 나누어야 하니까. 본인은 그러면서, 다른 선생들은 올 거라고?

구 대표를 내보내야 내가 살 것 같았다. 법인은 과반수 이상 찬성할 경우 본인의 의사와 상관없이 등기 이사를 내보낼 수 있다. 삼촌에게 술을 먹자고 하여 자연스럽게 술자리를 마련했다. 어느 타이밍에 얘기를 꺼내나 하고 있는데 삼촌이 선수를 쳤다.

"이 사업은 일단 이십 대가 모여야 하는 사업이다."

"언제는 아줌마 프로젝트가 훌륭하다면서요?"

"너 이 씨, 삼촌이 말하는데."

"알았어요, 그래서요."

"너도 사십 다 돼가잖아? 지금은 된다 치자, 십 년 뒤에도 이십 대 초반이랑 놀래? 그게 될 것 같냐?"

눈치는 빨라가지고. 구 대표 얘기인 건 어찌 알고.

"그래서, 십 년 뒤를 대비해서 데리고 있자 이거예요?"

"십 년 내로 반드시 써먹을 데가 있다. 그때 투입하면 되잖냐고? 그럼 늦어. 지금도 아무것도 모르는 애를 나중에 어떻게 투입해?"

그걸 다 알면서 지금까지 조카 고생을 톡톡히 시켰다? 구 대표와 장 선생님을 설득해서 삼촌부터 쫓아내는 건데.

"키우는 건 제가 하고, 써먹기는 삼촌이 하시겠다?"

"같이 키우고, 같이 써먹어야지."

"삼촌이 대체 뭘 하시는데요?"

"기다리고 있어봐라. 나도 다 생각이 있다."

삼촌한테 선수를 친 건 구였다. 구는 씨플랜트 일을 관두겠다고 말했다. 삼촌이 앞으로 무슨 일을 할 거냐고 묻자 모 엔터테인먼트 회사에서 계약담당 이사로 일하기로 얘기가 되었다고 했다. 씨플랜트와 병행하지 못할 이유가 뭐냐고 하자, 당분간은 새 일에 집중하고 싶지만 노 대표님이 그렇게까지 말씀하시는 만큼 이사직을 빼지는 않겠다고 했다. 잔머리는 젠장.

구는 삼촌처럼 복잡한 인물이 아니었다. 삼촌이 구에게 매번 말리는 이유였다. 구를 한마디로 표현하자면 '단순'이었다. 삼촌은 구의 다각적인 측면은 물론 미래까지 고려하여 종합적인 결론을 내린 셈이었지만, 구가 삼촌에 대해 아는 것은 한 가지뿐이었다.

삼촌은 밀당에 약하다는 거.

삼촌에게는 상대방이 안 넘어오면 집착하고, 넘어오면 소홀히 하는 경향이 있었다. 엉뚱한 데 베풀고, 가족한테 무관심한 거랑 똑같지 뭐. 삼촌의 마음속에는 상처받지 않는 척하는 꼬맹이가 한 명 살고 있었는데, 구가 하필 그 꼬맹이를 봐버린 거였다. 일은 하기 싫고, 일해 봤자 자신의 무능력만 증명할 뿐이고, 관두자니 혹시라도 나중에 대박이 날까 봐 완전히 발을 빼기는 싫고. 김 실장이 상대방이 원하는 것을 잘 안다면, 구는 상대방의 부족한 점을 잘 아는 사람이었다.

괜찮아. 너는 내가 보고 있으니까.

언제일지 모르지만 구가 돌아오면 나는 구에게 씨플랜트를 통째로 넘길 거였다. 왜 죽 쒀서 개 주냐고? 죽 정도는 줄 수 있으니까. 경험 없는 개는 입천장이나 데일 테니까.

지분 이익을 전액 재투자 비용으로 돌릴 거다. 한마디로 한 푼이라도 가져가고 싶으면 맡은 자리에서 이윤을 내면 된다. 계속 적자를 내면 책임지고 임원직에서 물러나는 거고.

그 무렵 나는 새로운 브랜드를 준비 중이었다. 이름하여 에스플랜트(Story-Plant). 장차 회사의 핵심 엔진이 될 에스플랜트는 나밖에 이끌 사람이 없는 아이템이었다. 나는 문 대리에게 에스플랜트의 존재를 그 누구에게도, 심지어 삼촌에게도 알리지 말라고 일렀다. 나는 에스플랜트로 독립

할 거였다. 다만 에스플랜트를 키우려면 씨플랜트가 필요할 뿐이었다. 기초공사를 다져야 집을 올릴 수 있는 것과 비슷한 논리라고나 할까.

구의 잔머리는 결과적으로 나에게 기회였다. 아무의 방해도 받지 않고, 에스플랜트를 온전히 내 마음대로 운영해볼 기회. 나한테 일을 다 맡겼다고 좋아하겠지만 사실은 당신들이 마련한 야구공으로 나 혼자 투구 연습을 할 수 있게 된 거야. 나중에 당신들은 나 없이는 아무것도 할 수 없는 허수아비가 되고 말걸?

여우를 이기려면 곰이 되어야 했다.

여우가 뭘 먹건, 곰은 여우를 잡아먹으면 되니까.

나는 같은 깃털이
아니야

밤비에게 전화했다. 당연히 오케이였다. 〈노래방에서 두 곡만 잘 부르기〉 수업을 맡기로 했다.

하영지 씨는 인터넷으로 헌팅했다. 페이스북에 〈너도 나도 작곡하기〉 동영상을 개인적으로 올리고 있었다. 결과는 당연히 오케이.

히로 씨는 절친 뮤지션의 소개로 만났다. 학원에 모시기 민망한, 전설적인 기타리스트였다. 심지어 까다롭다고 알려진 분이었는데 회사 취지를 듣더니 흔쾌히 참여 의사를 밝혔다. 히로 사마는 우쿨렐레를 가르치고 싶다고 했다.

기타도 있기는 해야 했다. 작곡가 성민성 씨에게 부탁했다. 안 될 가능성이 커, 주변에 워낙 많아서. 그래도 구색은 맞춰야 해서. 성 작곡가는 말귀를 잘 알아들었다. 네네, 걱정 마세요!

음악 4종과 함께 미술 4종도 준비했다.

서양화가이자 최근 스카프 디자인으로 대박을 터뜨린 플라워플라이 님에게 '건축 드로잉'을, 문화발전소의 첫 번째 디자이너였던 일러스트레이터 김윤서 씨에게 '얼굴 드로잉'을, 생활 미술을 알리기 위한 일인회사 〈부드러운 우주〉의 대표인 류훈 씨에게 '인사이트 드로잉'을 부탁했다.

현지에게도 전화했다. 충분히 설명한 것 같은데 현지가 되물었다.

"우왓(What)?"

알아듣기 쉽게 설명해 주었다. 강좌 사업으로 저변을 확대시킨 다음, 나중에 이를 기반으로 기존 미술계와 차별화되는 순수미술 시장까지 개척할 예정이다, 페이도 나쁘지 않다, 한 달 4회 수업에 오십만 원 보장이고, 최대 이백까지 가능하다. 수업이 네 개로 늘어난다면 기본 이백, 최대 팔백. "으흥? 으흥?" 해가며 듣던 현지가 대답했다.

"아이엠 퓨우월(I am pure). 돈츄노우(Don't you know)?"

몇 번을 다시 설명했으나 자신은 순수 예술 아티스트라는 말이 반복되었고, 나는 결국 인내심 주머니를 터뜨리고 말았다.

"그럼 너. 그 캐릭터 그림은 왜 그리는 거야."

"그건 나의 덕질이지."

"덕질도 퓨어 아트 아니잖아."

"편견을 버려. 덕질은 숭고한 거야."

"일상 예술이 예술이 아니라는 건 편견이 아니고?"

"노노, 네가 말하는 건 대중 미술이야. 아알트(art)가 아니라고."

"너 디자인 일도 맡잖아. 지난번에는 캐드로 도면도 그려 줬잖아."

"그건 밥벌이지. 업계에선 고퀄로 이름 높다고."

"도면 그리기는 되고, 그림 가르치는 건 안 되고?"

"도면 그리기는 아알트가 아니라 프리랜서 잡이니까?"

일 년 뒤 모 가수 그림의 대작 논란이 일어났을 때 현지는 페북에, 원래 그림 같지도 않았지만, 끊임없는 연습과 세월의 결과가 아트라면서 단 한 번의 붓질이라도 직접 하지 않았다면 작품이 아니라고 썼다.

얼마 안 있어 진중권이, "현대 아트의 핵심은 창의성"이라며, 직접 만들어야만 작품이라는 고정관념을 깬 것이야말로 현대 미술의 정체성이라는 글을 올렸다. 조용하던 현지의 페이스북이 시끄러워졌다. 현지는 술자리에서조차 공격받았다.

"걸그룹이 연기를 하면 연기자야 아니야?"

"가수이자 연기자지."

"근데 가수가 그림을 그리면 화가가 아니야?"

"직접 그린 게 아니잖아. 댓츠 낫 퓨어!(That's not pure!)"

"진중권 글 못 봤어? 아이디어가 본인 거면 작품이라잖아."

"진중권이 뭘 알아?"

"넌 뭘 아는데? 유학 갔다 왔다면서 서양 미술사도 모르나?"

"난 이 척박한 한국에서 개인전을 몇 번이나 열었던 화가라고!"

"그 가수는 너보다 개인전을 더 많이 열었잖아?"

"본인 돈 안 들이고 갤러리에서 초빙해야 개인전이지!"

"그 가수는 갤러리에서 돈 주고 모셔온다던데?"

"아니라고, 어쨌든 아니야!"

공격한 사람은 직업이 작업가인 맹이었다. 작업가는 얻어먹기는 해도 갈취하거나 사기는 치지 않았다. 돈을 목적으로 하지 않는다는 점에서 제비와 달랐고, 자주 헤어지기는 해도 진지한 연애를 원한다는 점에서 픽업 아티스트와 달랐다. 퓨어(pure)한 전문 사랑꾼이랄까.

맹은 대작 가수를 옹호한 게 아니었다. 현지의 이중 기준을 지적한 거였다. 현지는 본인도 덕질을 좋아하면서, 또한 비싼 드레스와 백에 약하면서, 순수한 장르가 아니라는 이유로, 혹은 돈을 밝힌다는 이유로 친구들을 깎아내리는 적이 많았다.

현지는 2000년대 초반 〈젊은 화가 운동〉의 일원이었다. 학계와 갤러리 중심의 화단에 반발하여, 직접 대중과 만나고 대중에 의해 평가받겠다는 운동이었고 예상보다 반응이 좋아 그 수혜를 톡톡히 받은 화가 중의 한 명이었다. 현지는 개인전을 열고 여기저기 잡지에 나갈 정도로 스타덤에 올랐을 뿐 아니라 몇몇 작품들은 꽤 비싼 값에 팔아 치웠다.

내가 가슴 아픈 것은 그런 현지가 한때 자신이 비판했던 '학계와 갤러리 위주의 화단'을 옹호하고 있다는 사실이었다. 전선은 정통 미술계와 모작 가수 사이에 그어져 있는 게 아니었다. 지금까지 정통 미술계는 모작 가수를 비판하기는커녕 노코멘트하거나 대승적 관점에서 인정하자는 분위기였으니까. 그러다 모작 논란을 계기로 겨우 비판할 근거 하나를 찾은 거지. 직접 그려야 한다는, 일제 강점기에 머물러 있는 구태의연한 기준.

그런 기준들에 의하자면 유화와 만화(덕질)를 합한 현지의 작품 세계도 정통 화단에서는 배제될 수밖에 없었다.

참새 잡겠다고 허수아비 세워 놓고 꿩 잡는 꼴이지.

사업을 하다 보면 수많은 얘기를 듣게 된다. 아이디어가 중요하다, 컨셉이 중요하다, 결국에는 콘텐츠다, 마음을 붙잡는 카피다, 닥치고 노출률이다, 수많은 잠언과 지침이 있었건만… 그건 소설을 잘 쓰는 방법에 대한 수많은 클리셰

들과 다를 게 없었다.

캐릭터를 잘 잡으면 캐릭터가 알아서 끌고 간다, 결국에는 플롯이다, 독자의 감수성을 붙잡는 문체다, 닥치고 작품성이다 등등등.

"취재가 중요할까요, 상상력이 중요할까요? 문장력이 중요할까요, 플롯이 중요할까요? 캐릭터와 서사 중 하나만 고른다면 뭘 고르시겠어요? 작품성과 대중성 중 하나만 잡을 수 있다면 뭘 잡으시겠어요?"라고 묻는 사람치고 소설 쓰느라 제대로 고생해본 사람이 없듯이, "마케팅은 결국 ○○이지 않겠습니까? 혹은 요즘 마케팅은 ○○○가 대세잖아요?"라고 말하는 사람은 마케팅에 대해 아무것도 모른다고 보면 딱 맞았다.

그 새에 그 깃털이 있을 뿐, 더 훌륭한 깃털, 더 나은 깃털이라는 건 세상에 존재하지 않았다. 위아래를 나누지 않는 사람이 진정으로 순수한 예술가였다. 현지가 마이너 신세를 벗지 못하는 진짜 이유는 본인 스스로가 깃털에 대한 환상을 버리지 못해서가 아닐까.

공작이 왜 나는 데 젬병인 줄 아니? 깃털이 너무 무거워서 그래.

22

옆으로 가는
마케팅 1

일단은 다 해보자였다. 고정관념 없이 일단은 해보고 결과로 판단하자. 단, 나중에 회사 규모가 커지면 안 됐던 것들도 다시 해보도록 하자. 그때는 잘될 수도 있으니까. 옛날에 안 됐다고 지금도 안 된다고 판단하면 그것도 고정관념이니까. 노인들은 죄다 안 된다고 하잖아. 삼촌도 노인이 되어가고 있나 봐.

"오프라인 마케팅은 이제 안 돼. 시대가 완전히 바뀌었다니까?"

포스터도 만들고, 엽서도 만들고, 플래카드도 제작하고, 엑스배너도 세우고, 인터넷 마케팅도 이미지, 동영상, 칼럼, 바이럴 등으로 다각화했다. 열 가지 이상의 유효한 방식이

나올 때까지 회의를 했다. 회의가 끝나면 업무 분장을 하고, 타임테이블을 짠 다음, 미친 듯이 수행했다. 주로 묵언 수행이었지만 규칙을 깨도 용서될 때가 있었다. 문 대리는 단어가 생각나지 않을 때 소리 질렀다. 내가 소리 지르는 타임은 동영상 프로그램이 오작동하거나 꺼질 때였다. 약속이나 한 것처럼 각자 그 시간 외에는 소리 지르기를 자제했다. 그렇지 않으면 하루 종일 소리를 지르고 있을까 봐서였다.

히로의 첫 번째 수강생은 문 대리였다. 문 대리는 십 년 전 히로가 속해 있던 일본 그룹의 광팬이었다. 그 그룹의 라이브 공연 영상을 모아서 가지고 있을 정도였다. 담당 마케터가 사심 그득하니 모객이 안 될 수가. 참고로 문 대리는 나의 〈테마로 읽는 소설〉 수업을 깨먹고 나서는 이렇게 말했다.

"아 참, 그런 게 있었죠?"

하영지의 작곡 교실은 평소 몹시 작곡을 하고 싶어 하던 시인 형이 친구 세 명을 끌고 들어왔다. 나까지 들어가는 바람에 홍보와는 무관하게 모객이 완료되었다.

밤비의 보컬 교실은 사심 모객도 지인 찬스도 없이 성공했다. 결혼을 앞둔 커플이 두 쌍이나 들어왔다. 우리는 다음달에 〈결혼식 축가 부르기〉 클라스를 열었고, 결과는 성공적이었다.

한숨 나오는 것은 모집 경로였다. 되는 마케팅과 안 되는 마케팅이 선명하게 갈릴 거라는 당초의 예상과 달리, 보컬 교실의 경우,

건물 1층에 붙인 포스터를 보고 1명,

페이스북 광고를 보고 2명,

음치에 관한 칼럼을 보고 2명,

밤비의 팬이여서 1명.

참 알뜰하게도 찢어져 있었다.

히로의 우쿨렐레도 다르지 않았다.

문 대리라서 1명,

히로의 개인 페이스북을 보고 1명,

페이스북을 보고 1명,

음치에 관한 칼럼을 보고 링크 타고 들어와서 1명,

네이버에서 무작위로 검색하다가 1명,

카페에서 엽서를 보고 1명.

한마디로 뭐든지 다 해야 성공할 수 있다는 뜻이었다.

정반대로 스타 강사의 인지도를 믿고 비싼 유료 광고를 돌린 글쓰기 수업들은 다 깨져나갔다. 한 가지 SNS의 광고만으로는 모객이 되지 않는다. 여러 루트로, 여러 번 노출시켜야 한다. 의도치 않게 자꾸 눈에 띄어야 신뢰가 생긴

다. 볼 거 다 보고 나서도 회사에 전화를 걸어 꼬치꼬치 물어본 뒤에야 지갑을 여는 경우가 신청 인원 중 절반가량이었다.

네이버 검색 순위에 뜬다고 될 일도 아니었다. 검색을 해서 물건을 사는 시대는 지났다. 이쪽에서 고객을 직접 찾아가주지 않으면 안 되었다. 이 시대의 마케팅은 도망 다니는 어린애를 쫓아다니며 이유식을 먹이는 엄마의 심정으로 해야 하는 거였다.

콘텐츠? 아이디어? 카피?

천만에. 닥치고 노가다였다.

덕분에 아무 때나 소리 지를 권리를 얻은 건 문 대리요, 수시로 엽떡 사다 나를 의무를 진 건 나였다. 하지만 첫 수업이 개강할 때마다 문 대리의 표정은 온화해졌다. 마치 손주들이 뛰어노는 광경을 지켜보는 할머니 눈빛처럼 푸근해져서 말하곤 했다.

"아 씨, 난 왜 이런 게 좋아서 개고생이지."

"미, 미안하다."

그 즈음 내가 세운 전략은 〈옆으로 가는 마케팅〉이었다.

점점 우연한 것에, 간접적인 것에 편안함을 느끼는 세상 아닌가. 이른바 〈득템〉에, 주문 예약 어플에 열광하는 시대잖아. 내 주위에 있는 사람은 다 그랬다. 책에 관심 있는 사람은 음악에도, 미술에도 관심이 있었다. 음악과 미술에 관심 많은 사람들은 책에 대한 정보 얻기가 어렵다는 말을 많이 했다.

밤비는 기다렸다는 듯 캘리그라피 수업을 수강했고, 노리맘은 황송하게도 〈테마로 읽는 소설〉을 신청해 주셨다. 작곡 교실 하영지 씨는 자유롭게 그리는 드로잉에 깊은 관심을 보였으며, 반대로 류훈 씨는 꼭 음치를 탈출하고 싶다는 의지를 표명했다.

인문학에 관심이 있어 들어왔다가 그림이 그리고 싶어질 수 있다. 같은 장르 안에서도 마찬가지다. 우쿨렐레를 배우러 왔다가 노래에 욕심이 생길 수 있다. 애초에 헌승이 냈던 아이디어처럼 미래에는 이곳에서 시 수업도 듣고 보컬 수업도 듣고 기타 수업도 들어서 싱어송라이터를 꿈꿀 수도 있겠지. 일러스트레이션과 동화 쓰기를 함께 배워서 글과 그림 둘 다 하는 그림동화 작가가 될 수도 있을 거다.

그러고 보면 그 어느 것도 온전히 내 머리에서 나온 것은 없었다. 수업하기를 거부하기는 했지만 자유롭게 그리기는 현지의, 아 참 그렇지, 엉뚱하고 재밌는 걸 가르치는 학원 자체가 현지의 아이디어였다.

스토리 작가도 웹툰 따로, 영화 따로, 드라마 따로 할 게 아니라 모두를 관통할 수 있는 멀티 플레이어를 육성해야 하지 않을까? 산업 입장에서는 OSMU가 용이하고, 작가는 수입이 늘어나겠지. 동네 관행(?)에 착취당할 일도 없어질 테고.

우리는 지금까지 다 골목에서 놀았잖아. 끼리끼리 경쟁하고, 끼리끼리 마케팅했잖아. 홍대의 매력이 뭐야. 어느 뮤지션과 친해지면, 그 뮤지션이랑 친한 음악 평론가랑 친해지고, 음악 좋아하는 글쟁이랑, 북 디자이너랑, 화가랑, 사진작가랑, 이 장르 저 장르 다 같이 모여 놀게 된다는 거잖아.

그 경험을 대중에게 간접 체험하게 할 수 없을까. 음악과 미술과 문학과 디자인과 공예를 모두 함께 체험하는 장을 만들 수 없을까?

인구가 1억을 넘겨야 내수 시장은 물론 예술 시장이 제대로 돌아갈 수 있다는데, 우리는 오천만밖에 되지 않으니, 담벼락을 허무는 거야말로 살아남을 길이 아닐까? 장르끼리 뭉쳐서 덩치를 키우면 따로따로 마케팅하는 것보다 유리할 수 있지. 문자 좀 쓰자면 예술 마케팅에 있어서의 규모의 경제랄까.

내가 만들고 싶은 게 그거였다. 대한민국의 안 팔리지만 훌륭한 예술 집합소. 싫어서 안 사는 게 아니라 몰라서 못 사는 거거든. 한국의 순수 문학과 장르 문학은 물론이고, 요즘 홍대 클럽에 막 알려지기 시작한 뮤지션들의 음악, 아는 사람은 다 아는 재즈, 보사노바 같은 월드 뮤지션들, 화가와 팝 아티스트들….

인디 예술들을 총망라한 예술인 센터를 건립하고 싶었다. 시장에서 이미 잘 팔린 것들은 배제할 거였다. 장르별로 심사인단을 두어서 이달의 훌륭한 소설, 음악, 그림, 디자인 등등을 선정할 거였다. 자본에 찌든 천편일률적인 대중문화에서 벗어나, 홍대의 가난한 예술가들을 대신 홍보해주는,

우리만의 채널을 건설하자는 거였다.

강좌를 대대적으로 홍보하면 궁금해서 책을 사보거나, 음악을 들어볼 수도 있잖아. 거꾸로 그 사람의 그림이 너무 좋아서 강좌에 들어올 수도 있고, 어떤 재즈 뮤지션에게 푹 빠져서 재즈를 배우게 될지도 모르지. 아는 만큼 들리는 게 음악이고, 이해하는 만큼 쓸 수 있는 게 글이었다. 배운 사람들은 더 깊이 예술 작품을 향유할 수 있게 되고, 그렇게 되면 하향 평준화된 대중예술의 파이는 점점 줄어들겠지. 연예인이 아니라 뮤지션이 대접받고, 마케팅이 아니라 작품성으로 베스트셀러가 되고, 전문가들의 관점이 아닌 나 자신의 시각으로 미술을 감상할 수 있는, 그런 세상을 만들고 싶었다.

문 대리는 나의 이러한 꿈을 열심히 들어주었다. 열심히 들어준 다음 말했다.

"그런 의미에서 강의실 세팅이나 하러 가시죠."

나는 매일매일 그 꿈을 위해서 바닥을 청소하고, 책상과 의자의 줄을 맞추었다. 한 푼이라도 아끼기 위해 칠판에 오선을 직접 그리고, 하나씩밖에 없는 빔 프로젝터와 스크린을 이 강의실 저 강의실 옮겨서 쓰고, 전자피아노와 앰프와 컬러프린터 같은 무거운 물건들을 들고 사무실과 강의실을 오갔다. 도보로 오 분 거리라지만 근 10킬로그램의 기자재를 매일 같이 나르는 일은 죽을 것처럼 힘들다고는 할 수 없어도 죽을 것처럼 지긋지긋한 일임에는 틀림없었다. 하지만,

옆으로 가다 보면 언젠가 앞으로 가는 날도 있겠지.

앞으로 가다 보면 어느 날 위로 오르는 날도 오겠지.

23

사람의 마음은
다 달라서

"글쎄 하지영 씨가요…."

"응."

"공연이 있는 걸 깜박했다네요?"

"뭐, 우리 수업하는 날?"

"네."

나 빼고 6명의 회원에게 모두 전화하여 한 주만 봐주십사 양해를 구했다. 곧바로 한 명이 수강을 취소하면서 환불을 요구했다.

"이미 등록한 걸 왜 환불을 해줘야 해?"

"법으로 그렇게 정해져 있으니까요?"

"아니 그럼 지 사정으로 결석하는 것도 해줘야 해?"

문 대리는 휴우, 한숨을 쉬었다.

"절반 이상 들으면 환불 못 하게 돼 있고요, 수강 신청 취소 전에 빠지는 건 제외입니다."

두 번째 시간. 두 명의 회원이 일이 있다며 나타나지 않았다. 나는 동영상으로 찍은 강의를 예쁘게 편집하여 그들에게 보내주었다. 환불 신청을 할까 봐 겁이 나서였다. 제발, 수업이 끝날 때까지 본인의 권리에 대해서 모르고 있어야 할 텐데.

"아니 이런 ㅆㅂ을 보겠나?"

"사무실에서 웬 욕이냐."

"그래서 씨발이라고 안 하고 ㅆㅂ라고 했잖아요."

"뭔데."

"밤비 씨 말이에요."

"너 지금 밤비한테 욕한 거야?"

"그게 아니라 팬 한 명이 수강 신청을 했는데요."

"했는데."

"이 새끼가 수업에 나타나질 않네요?"

"환불해줘야 해?"

"아니요?"

"그런데?"

"수업에 오지도 않으면서 매일 준비물 없냐고 하고 가는 길이 어떻게 되냐고 하고 지난번에 길을 제대로 안 알려줘서 수업에 못 갔다고 말도 안 되는 소리 씨부리고 하니까 그렇죠, 씨앙."

"연미야."

"네?"

"핵심이 뭐냐?"

"밤비 수강생 중에 한 명이 밤비 팬이랍시고 수강 신청했는데 수업은 안 들어오고 매일 저한테 전화해서 엉뚱한 질문을 하는 데다 지가 안 와놓고 제가 잘못 알려줘서 수업을 못 듣는다는 둥 ㅈ같은 소리를 해서 어떻게든 수업에 나타나게 해서 그놈의 면상을 봐야겠다고요, 됐어요?!!"

모든 수업은 동영상을 촬영하기로 돼 있었다. 목적은 홍보 동영상 제작이었다. 우리는 홍보의 초점을 수업 자체가 아니라 수강생에게 두기로 했다. 하영지 씨 수업에서는 시인이 자신이 쓴 가사로 작곡을 완성하는 과정을 담기로 했다.

밤비 수업에는 고맙게도 결혼을 앞둔 커플이 들어왔다. 예비 신랑이 축가를 부를 수 있도록 하기 위해 예비 신부가 우겨서 신청한 것이라 했다. 막연히 기다렸다 실망하느니, 적극적으로 훈련시켜 본인이 원하는 바를 쟁취하자는 현명한 결혼관이라니.

히로 사마의 수업에 들어온 직장인 혜진 씨는 남친과 십오 년을 사귀었다. 남친이 무뚝뚝한 성격이라 이벤트 따위는 기대한 적 없는데 어느 날 십오 년간 변함없이 곁을 지켜준 남친에게 고마운 마음이 생기며 왜 여자가 먼저 이벤트를 하면 안 되냐는 생각이 들었다. 혜진 씨는 우쿨렐레 반주에 맞추어 사랑 노래를 불러 남친에게 청혼할 계획이었다.

그런 이야기를 찍고 싶었다. 화려하기는커녕 자연스럽다 못해 평범한 이야기. 하지만 모두가 한 번쯤 생각해보았을 소소한 행복.

"다들 자극적인 것에 혈안이 돼 있는데 먹힐까요?"

"당사자한테는 먹힐 것 아냐. 동영상 신청 받는다고 홈피에 올려."

"그걸 혼자 다 찍으시게요?"

"아니, 너랑 같이 찍을 건데?"

사업은 타이밍이었다.

아이템들이 아무리 좋아도 힘을 받을 수 있게 순서대로, 그리고 동시다발적으로 터져주지 않으면 소용이 없었다. 거창하게 말하자면 교향곡을 지휘하는 것과 같았고, 비약해서 말하자면 부분 부분이 좋아도 배치가 잘못되거나 유기적으로 연결되지 않은 소설이 독자를 마지막 장까지 인도하기 어려운 것과 같았다. 수많은 우연과 변수를, 필연과 인과관계로 빚어내야 한다는 점에서 예술과 사업은 다르지 않았다.

"혜진 씨를 어쩜 좋아요?"

"왜?"

"우쿨렐레를 너무 못쳐요."

"그래서?"

"우쿨렐레를 못치는데 축가를 어떻게 불러요."

대기업에 다니는 혜진 씨는 바쁘기까지 했다. 음악 레슨에서 가장 중요한 개인 연습을 해오지 않는데다, 총 8번의 수업 중 두 번을 빼먹었다.

"아무래도 수업을 한 번 더 돌려야겠어요."

"사람들이 또 하겠대?"

"한 명은 관두고 다 한답니다."

"너도?"

"그걸 말이라고 하십니까! 히로 사만데!"

"이번에는 수강료 안 내줄 건데?"

"그래도 합니다, 히로 사마 간밧데!"

밤비 클래스의 예비 신랑은 노래가 엄청 늘었으나, 예비 신부의 성에 차지 않았다. 예비 신부는 더 배워야겠다며 클래스를 연장했고, 우리는 동영상 라스트 씬의 촬영을 연기했다. 이왕이면 노래 실력이 더 좋아진 다음 촬영하는 편이 더 나을 것 같아서였다. 그런데 결재가 되지 않았다. 문 대리가 몇 번씩 문자를 보냈는데도 응답이 없다고 했다. 내가 전화를 했다. 세 차례 만에 통화가 되었다. 괴물의 목소리가 들려왔다. 괴물은 사람 흉내를 잘 못 내서 뒷말을 다 잘라먹었다.

"감기가 심하게 들…"

"아이코, 그러시군요."

"목 좀 낫고 다시 신청하면…"

"다른 신청자들이 있어서 그건."

"저는 이번엔 못 할 것…"

일정이 하나만 밀린 건 아니어서 다행이라고 해야 하는 것이었을까? 문 대리는 꼭 컴퓨터로 일을 하다 말고 말을 붙였다. "이사님?" 하고 나를 넌지시 불렀다. 키보드 위를 춤추던 손을 멈추고, 모니터 화면을 멍하니 쳐다보며,

"혜진 씨가 말이에요."

"또 왜."

"이제 우쿨렐레를 대충 쳐요."

"그런데?"

"노래도 그런대로 불러요."

"그런데?"

"그런데 두 가지를 한꺼번에 못해요."

무표정하게 말하고는, 다시 미친 듯이 키보드를 두들겼다.

제대로 촬영이 된 건 〈김영일 시인의 작곡일기〉뿐이었다. 젊은 시절 공장을 다니며, 계속 공장에 다니다가는 죽을 것

같아 한때는 호스트바의 호스트로 일하며, 얼마나 예술을 꿈꾸었는지, 짧지만 절절한 인터뷰가 이어졌다. 왜 시를 썼냐는 질문에는 원래는 음악을 하고 싶었지만, 일과 병행할 수 있는 것은 독서뿐이었다는 대답이 돌아와서 울컥하기도 했다. 조금씩 조금씩 작곡에 살이 붙는 과정과 다듬어지는 과정, 마침내 완성되어 하영지의 목소리로 불러지는 과정까지 뺄 것도 넣을 것도 없다고 생각되어 막 인터넷에 올리려던 순간 전화가 왔다.

"아직 안 올렸지?"

"올릴 참이야."

"미안한데 다시 찍자."

"뭘 또 다시 찍어. 지난번에도 머리가 이상하게 나온 것 같다며 이발하고 다시 찍었잖아. 내가 야밤에 형네 동네까지 갔었잖아."

"이번에는 그런 게 아니고…."

"뭔진 모르지만 수업 다 끝났는데 촬영 때문에 하영지 씨를 다시 부를 수는 없어, 형."

"그럼 어떻게 해. 이혼하자는데."

"뭐?"

"막판에 내가 주변에서 어슬렁거리는 장면 있잖아."

"그게 뭐?"

김영일 시인의 목소리에는 힘이 없었다.

"거기 내 걸음걸이가, 근본 없는 인간 같대. 생각만 해도 정떨어진대."

어째 인터뷰를 할 때보다 더 울컥했다. 고백컨대 남자에게 분노와 동시에 동정을 느낀 것은 처음이었다.

24

악마가
돌아왔다

삼촌이 그새 일을 벌였다. 〈브라질 야시장〉을 하는 것으로 모자라, 직접 비행기를 타고 날아가 브라질리언 댄서들을 초빙해왔다. 저녁 시간마다 손님들을 상대로 공연을 열고, 낮에는 모객을 하여 댄스 교실을 열겠다는 거였다.

1, 2층을 브라질 야시장으로 쓰고 3, 4층은 임대를 내놓았다. 임대 결정이 내려지자마자 문 대리는 세상 모든 것에 대한 결정장애 상태에 돌입했다. 수업 장소를 뭐라고 쓰냐고 열 번도 넘게 물어보더니, 퇴근을 할지 말지, 버스를 탈지 전철을 탈지조차 내 의견을 물었다. 왜 삼촌은 모르는가. 자신의 사소한 결정이 직원의 사기에 막대한 영향을 미친다는 걸. 밑에서 불안해하지 않게 친절하게 설명을 해줘

야 할 것 아니야.

"씨플랜트 접으시게요?"

"누구 맘대로?"

"근데 왜 임대를 내놔요?"

"나도 은행에 할 말이 있어야지."

"삼촌 건물 아니었어요?"

삼촌은 멍한 표정을 짓더니 되물었다.

"너 설마 저 건물이 100퍼센트 내 거일 거라고 생각하는 거냐?"

절반이 은행 대출이라고 했다. 그동안 가격이 오른 것을 제하면 지을 때는 7-80퍼센트가 은행 빚이었던 셈이다. 40억쯤 빚을 졌다는 얘기인데, 그래 놓고 밤에 잠이 오십니까?

"돈이 다 모일 때까지 기다렸다가 언제 돈을 버나?"

"그게 아니라 2개월, 3개월짜리 수업이 수두룩한데 중간에 갑자기 건물이 나가면 어떻게 합니까?"

"갑자기 안 나가. 절차상 최소 한 달은 걸려."

"지금 수업이 몇 개인 줄 아세요? 이 건물에 맞추어서 배치해놨다고요."

"이 건물에 맞추어서 이윤도 좀 뽑아줄래?"

나는 문 대리에게 다른 곳을 알아볼 테니 걱정 말라고 했다. 건물이 걱정되지는 않았다. 주위에만 해도 빈 건물은 쉽게 찾을 수 있었다. 내가 걱정한 것은 문 대리의 걱정이었다. 그놈의 걱정 때문에 제때 처리되지 못하는 수많은 업무들이었다.

하지만 미운 짓을 한 번만 하면 삼촌이 아니지.

"B2B 하나 해보지 않을래?"

"뭔 B2B?"

"너 말이 점점 짧아진다."

"바쁘니까 더 짧아지기 전에 빨리 말씀하세요."

"〈브라질 야시장〉 모객 좀 해주라. 씨플랜트에서."

"뭔 소리야. 우리가 음식점 모객을 왜 해."

"아니, 브라질 야시장 댄스 클래스 말이야."

삼촌은 스페인 야시장에 투자한 돈도 회수해야 하고, 장차 씨플랜트의 미래를 위해서 필요한 사업이라고 설득에 설득을 거듭했다. 삼촌은 합리적인 사람이었다. 맹목적일 때만 아니면 논리로 설득할 수 있었다. 지금처럼 브라질 댄스를 시작으로 월드댄스 학원을 차리겠다는 야심을 품었을 때만 아니면.

비슷한 시기에 구가 씨플랜트에서 열흘 동안 지내겠다고 통보해왔다. 뭐냐, 감시냐, 아니면 대표 탈환을 노리는 거냐, 생각이 많아졌지만 건조하게 물어보았다.

"나인 투 식스로 출퇴근을 하겠다는 거야?"

"아니. 지낸다고. 먹고 잔다고."

"아니 대체 왜?"

구의 이미지와는 멀다고 생각했다. 너는 베르사이유 궁전에 살다 온 것처럼 구는 애잖아?

지금 지내는 집이 좁아 옮기는데 중간에 공백이 생겼다고 했다. 전 남친 집에서 하루라도 빨리 나오려고 구한 집이라 그때는 제대로 고를 여유가 없었다.

"짐은?"

"친구 집에 맡겼지."

"짐 맡긴 데서 지내지?"

"친구 집이 둘이 지내기에 좁아."

열흘 동안 지내기에도 좁니? 짐 맡기고, 찾아오고, 귀찮지도 않아? 한 달 월세 더 내면 되지. 그동안 짐도 아름아름 옮기고, 새집 단장도 하고. 게스트 하우스 임시 계약이라 월세 오십 정도일 텐데? 맥 북을 사더니 사무실에 한 달이고 두 달이고 버려놓고 다니는 애가. DSLR 중급기를 덜컥 영입하더니, 사용법이 어려워 못 찍겠다고 집에 모셔두는 애가.

구의 개념 없는 돈 낭비는 계속되었다. 열흘 동안 산 새 옷만 예닐곱 벌이었고, 스타킹, 양말, 수건 따위는 다 일회용이었다. 그런 돈만 모아도 한 달 월세는 될 것 같았다.

문 대리의 증언에 의하면 구는 오전 내내 '처'잤다. 술을 안 먹는 날은 하루도 없는 것 같았다. 문 대리가 점심을 먹고 오면 그제야 일어나서 '일'을 하자고 했다. 구가 하는 '일'이 그렇듯, 계획만 있지 당장 이번 주, 다음 주에 뭘 하자는 건지는 알 수 없었다. '일'인지 잡담인지 스피치인지 뭔지 모르겠는 회의를 한 시간쯤 하고 나면 구는 기지개를 켜며, "아, 오늘 일 열심히 했다"며 하품을 하기 일쑤였다.

그다음에는 그놈의 미팅을 하기 위해 사무실을 나섰다. 현관에 서서는 반드시, "알겠지? 내가 얘기한 대로~" 하며 눈도장을 찍으려 했는데 그때마다 문 대리는 애매하게 미소 짓느라 힘들었다. 두세 시간 후 구는 새로운 남자들을 데리고 사무실로 되돌아왔다. 하필 꼭 문이 퇴근 전 막판 스퍼트를 막 달리려던 시점에 들어와 커피를 부탁했다. 커피 심부름도 짜증 나 죽겠는데 문을 회의 탁자에 앉히고는 우아한 손짓으로 손님들을 가리키며 말했다.

"자 그럼 문 대리. 아까 내가 얘기한 대로~."

구는 그렇게 사람들을 문에게 붙여놓고, 또 다른 미팅이 있다며 자리를 비우기 십상이었다. 〈월드 퍼커션〉과 브라질리안 리듬 강좌를 논의할 때도, 유명한 탭댄스 커뮤니티가 건물 5층 테라스에서 파티를 열고 싶어 했을 때도, 구는 그들을 나에게 붙여놓고 빠졌었다. 본인이 중간에 업무 연락, 그러니까 일도 아니고 단지 전달을 잘못해서 일을 그르치면, 회사의 사후 업무가 안이해서 실패한 거라고 탓을 돌렸다. 결국에는 구에게 아무 일도 시키지 않는 게 속이라도 편했는데 직접 연락을 한다 해도 구가 섭외한 사람들은 하나 같이 피드백이 늦었다. 사진사는 요가 개강을 고작 5일 앞두고 사진을 보내주었다. 언제 마케팅 자료 만들어서 언제 회원 모집을 하나? 강좌를 연다고 했다가 자료를 보내 달라고 하면 연락을 두절하는 사례도 부지기수였다. 하지만 그게 누구건 구를 능가할 수는 없었다. 한 달밖에 안 남았는데 삼십 개의 강좌를 한꺼번에 열 계획이라며 선생들 연락처를 잔뜩 알려주더니 왜 모객이 안 되냐고 재촉만 해댔다. 이미 잡아놓은 일정마저 심심찮게 바뀌었는데, 더 자주 바뀌는 건 구의 기억이었다.

어느 날 공짜로 공연장을 잡았다며 모 극장과 계약을 맺으라는 오더가 떨어졌다. 문 대리가 고민하기에 내가 수소문하여 극장과 연락을 취해보았더니 공연 계획서를 제출해서 통과한 팀에게 정부 지원금을 지원하는 시스템이었다. 예상한 대로 관계자 중에 구와 이야기를 나누었다는 사람은 없었다. 임원 회의에서 내가 여차저차해서 이 일은 할 수 없겠다고 설명하니 구는 억울하다는 듯 말했다.

"왜 노 이사님은 내가 제안만 하면 안 된대요?"

언제부터 그 일이 이미 다 된 계약이 아니라 제안으로 둔갑한 거냐고 따져 물었어야 했는데. 네 의견에 찬성해줄 테니 제안서는 A부터 Z까지 네가 직접 쓰는 게 좋겠다고 해줬어야 했는데. 나는 왜 그런 말 한마디를 너에게 못 했을까. 네가 하는 야비한 짓 중의 10분의 1만 따라 했어도 너는 뻥뻥 나가떨어졌을 텐데.

세상에는 당신이 치사한 사람이 아닌 걸 잘 알아보는 사람이 있게 마련이다. 단지 당신이 야비하지 않은 게 좋아서 함께하는 사람도 있게 마련이다. 왜냐고? 그래야 본인이 치사한 짓을 할 수 있으니까. 당신이 차마 자신과 똑같은 방식으로 야비하게 못한다는 걸 알고 있으니까. 그들은 당신을 존경하기는커녕 내려다보고 있는 중이다. 그깟 자존심이 뭐고 체면이 뭐라고, 대놓고 빼앗아도 맞대응을 못하는 사람이 바보라고 생각한다. 그들은 당신의 인격을 이용해서 당신의 것을 빼앗는 것이다.

어느 날 너를 위해 만들었다며 구가 순두부찌개를 주었을 때, 먹다 남은 음식임을 뻔히 알면서도 문 대리는 버릴 수 없었다. 어차피 구는 나갔고, 변기에 버려도 상관없었지만, 구 대신 음식물을 변기에 버리는 사람은 되고 싶지 않았다. 나는 그 말이 무슨 뜻인지 너무나 잘 알아먹었다.

세상에는 그런 사람들도 있는 것이다. 장소를 변경하지 못할까 봐 걱정해서가 아니라, 중간에 환경이 바뀌면 적응이 안 되어 수업에 집중을 못 하는 사람이 생길까 봐, 워낙 길치여서 이제 겨우 찾아올 수 있게 됐는데 다시 헤매다가 늦게 되는 사람이 생길까봐, 그게 걱정이 돼서 수업 전날마다 잠을 못 자는 사람도 있는 것이다.

소심해서 그렇다고? 천만에.

구가 펑크를 내서 브라질 댄스 클럽이 엉망이 될 때마다, 우리는 소방관처럼 현장에 출두해서 상황을 정리했다. 구가 고마워하기는커녕 그렇게 하면 할수록 우리를 아랫사람처럼 다룰 것을 모르지 않았지만, 똥을 쌀 때마다 말없이 치워주면 지가 집안의 우두머리인 줄 알고 주인을 무는 개들이 있다는 사실도 잘 알고 있지만, 그럼에도 구가 싼 똥을 치워준 이유는,

적어도 집에 찾아온 손님들에게 똥을 밟게 할 순 없기 때문이었다.

씨플랜트는 재미있으라고 만든 곳이지, 똥을 밟으라고 만든 곳이 아니니까. 하지만 우리는 구가 다른 동네에 싸고 온 똥은 절대로 치워주지 않았다. 너네 집 개니까 너네가 치우라는 식으로 말하면 단호하게 대답해주었다.

"저희 법인이랑 계약서 쓰신 거 있어요? 있으면 계속 말씀하시고요."

옆으로 가는
마케팅 2

음악 수업과 달리 미술 수업은 고전을 면치 못했다.

구의 복귀 탓이 컸지만 그뿐만은 아니었다.

음악이 미술을 부르고, 미술이 인문학을 부르리라는, 사람들은 직진하는 것보다 옆으로 가는 걸 좋아한다는 나의 〈옆으로 가는 마케팅〉 이론이 틀린 건 줄 알았는데 그것도 아니었다.

문 대리는 일주일을 내리 야근하다시피 해서 미술 8종 세트를 완성했다. 어느 밤 갑자기 문자를 보내 나를 놀래키기도 했다.

"선생님."

"왜."

"소원 하나만 들어주셔도 돼요?"

문 대리는 이미지 하나를 보냈다. 미술 8종 세트의 메인 포스터였는데 〈8=∞〉이라는 제목이 독특했다. 우리의 미술 8종 세트는 무한대다, 라는 의미인 듯했다. 정규 강좌는 8개지만, 일대일을 신청하면 개인 맞춤도 가능하다는 내용을 세 개의 문자로 표현한 것이었다.

"좋은데?"

"선생님이 쓴 제목이랑 다른데도요?"

"응. 간결하고 분명한데다 함의까지 있어서 아주 좋아."

"히히, 선생님은 이런 게 좋아요."

"이런 게 뭔데?"

"과감하게 직원에게 맡기는 거요."

나는 "그까짓 게 뭐라고. 맘대로 해." 따위의 답장은 보내지 않았다. 사람이 어떤 일에 빠지면 그 일이 지구보다 커지는 법이었다. 포스터의 제목을 '주차를 못하면 미술 천재다?'로 할 것인가 '에잇은 무한대다'로 할 것인가가 우주의 일이 돼버리는 것이다. 시키지도 않았는데 문 대리는 무려 이 주일을 야근하여 장장 40페이지에 달하는 온라인 홍보 콘텐츠를 완성했다. 내가 씨플랜트에서 본 것 중 최고의 퀄리티였는데,

수업이 줄줄이 깨져나갔다.

선생님들에게 전화를 걸어 사죄하고, 원래 일정보다 이

주씩 늦춰서 연장 모객을 했으나 그조차 깨끗이 실패했다.

처음인데도 성공적이었던 〈누드 크로키〉조차 인원이 모이질 않았다. 도무지 이해가 가지 않아 언제 다시 하냐고 문의했던 몇몇 고객들의 SNS를 검색해봤더니 이미 주변 지역에서 누드 데생을 하고 있었다. 게스트 하우스 강당, 지하 스튜디오 등에서 열리는 홍대 지역의 누드 데생은 한 달 8번에 10만 원 정도였다. 회당 만 원 남짓으로, 우리 회사의 1/3 가격이었다. 문 대리는 눈에 핏줄을 세워가며 마우스를 클릭하여 우리 회사의 〈누드 크로키〉광고에 '좋아요'를 누른 사람의 상당수가 주변의 저렴한 누드 데생 수업에 흡수된 것을 확인했다. 압권은 우리 덕인 줄도 모르고 누드 데생을 가르치는 어떤 선생이 올린 포스팅이었다. "요즘 수강생이 갑자기 늘어난 걸 보면 드디어 한국도 일본처럼 취미 사회가 되어가는 듯싶다."

김윤서 작가의 〈달라호스 만들기〉도 절반 가격인 만 오천 원에 인근의 다른 클래스로 몰려간 것이 확인되었다. 이쪽은 원목인데다 천연물감을 쓰는데, 반값이라고 좋아하며 화공 약품으로 플라스틱 말이나 칠하러 간 거지.

단 하나, 어디에서도 하지 않는 〈건축 드로잉〉은 무려 세 건이나 일대일 신청이 들어왔다. 두 번이나 연기한 게 미안해 수수료를 챙기지도 못했으니 뭐, 선생 좋은 일만 한 거지.

소비자의 시선은 옆으로 움직인다는 나의 혜안은 옳았으

나, 〈옆으로 가는 마케팅〉이 〈다른 곳으로 가는 마케팅〉이 될 줄은 몰랐지. 그제야 고전적인 마케팅론에 나오는 유명한 사례, 치열한 마케팅 전쟁 속에서 펩시콜라 광고가 코카콜라의 매출을 높이는 짓을 한 사례, 따봉이라는 말을 전국민에게 유행시킨 D사의 마케팅이 S사의 오렌지주스를 더 많이 사게 만든 사례 등등이 떠올랐지만….

우리가 미술 프로그램을 위해 지출한 삼백만 원의 광고비는 결코 헛되지 않아 주변 상권에 약 오백만 원 정도의 매출을 안긴 것으로 문 대리는 분석했다. 그 인원이 모두 우리에게 왔다면 천만 원이 넘는 매출이 발생했을 거라는….

음악 프로그램들이 유지되고, 스토리 작가 양성 과정이 열 개가 넘는 강좌로 확장되었는데도 씨플랜트는 적자였다. 약속한 12월이 다가오고 있었다. 삼촌과 나 사이에는 비밀협약이 있었다. 연말이 되어도 내년 1/4분기에 손익분기를 넘을 가능성이 없으면 사업을 접기로. 1/4분기의 마지막 달인 3월은 폐업일로부터 6개월이 지나 문화발전소를 되살릴 수 있는 시점이었다.

댄스 강좌가 잘 되지 않는 건 당연했다. 구는 브라질리언 기타를 치는 남자를 한 명 데려오더니 틈만 나면 그에게 일을 미루었다. 남자는 어느 날 갑자기 관뒀고, 우리는 인수인계를 전혀 받지 못했으며, 구는 그 와중에 홀쩍, 유럽으로 여

행을 떠나 버렸다. 댄스 아카데미는 엉망진창이 되었지만,
〈브라질 야시장〉은 대박을 쳤다.

개장 거품(open-bubble)일지 몰라도 매일 저녁 자리가
꽉 찼다. 불경기에 걸맞지 않은 매출이 브라질 댄스 강좌의
홍보 효과 때문이라고 삼촌은 믿었다. 건물을 내냈다는 말
에도 흔들리지 않았던 나는 불안해졌다. 삼촌이 〈브라질 야
시장〉을 체인화하겠답시고 씨플랜트 사업에서 손을 뗄까
봐였다.

초조해진 나는 문 대리와 빅딜을 했다. 진짜 미안한데, 딱
한 달만 회사에 주말을 반납할 수 없겠니?

"뭘 하시게요."

"원데이 클래스."

"품목은요?"

"얼굴 드로잉. 캘리그라피. 낙서 드로잉. 쇼핑백 만들기…."

"돼, 됐고요. 그럼 길거리 모집해요?"

"온라인으로 모객해서 신청자 들어온 수업만 길거리 모
집 병행. 하루에 수업 두 타임씩 몰고 신청자 없으면 선생
나오지 말라 그래."

"메리트는?"

"좋은 건물에 임대료 0원. 이번에는 우리가 인근 최저가
로 밀자."

"그래봤자 잘해야 본전일 텐데?"

"이윤이랑 상관없이 다른 목적이 있다."

"저한텐 뭘 해주실 건데요."

"엽떡. 삼겹살. 술은 너 안 먹으니까 됐고, 훈남 소개팅."

"그냥 알바비 쳐서 주시면 안 돼요? 훈남 소개팅 끼워서?"

"콜!"

"참, 가면도 하나 사주셔야겠어요."

"가면은 왜?"

"사줄 거예요, 말 거예요."

"콜."

이윤이 보장되지 않은 원데이 클래스가 가능했던 것은 작가들이 가난해서였다. 작가들은 허탕을 치는 데 익숙해져 있었다. 소설가들이 소설책이 안 팔리는 것에 익숙해져 있는 것처럼. 페이를 보장받으려면 규모가 큰 아트 페어에 참여해야 했는데, 관문이 넓지 않은 데다 일 년에 몇 번 없는 기회였다. 사람이 안 오면 어때, 그 시간에 내 작업이나 하는 거지. 오히려 프로 작가들일수록 그런 생각들을 갖고 있었다. 나로서는 놀라운 일이 아니었다. 독자가 없으면 어때, 책을 내줄 출판사만 있으면 됐지, 원망도 기대도 없이 작품을 쓰고 있는 수많은 소설가들의 얼굴이 떠올랐다.

첫 번째 주말. 일이 있어 세 시쯤 간다고 했는데도 문 대리는 한 시부터 재촉했다. 행사장에 들어가자마자 자리에 앉히더니 어떻게 할 거냐고 낯빛까지 하얘져서 물었다. 왜 이러니, 어디서 살인 사건이라도 났다니?

"어떻게 하실 거냐고요."

"아니, 그니까 뭘?"

"지금까지 뭔 얘기 들으셨어요? 거리에 사람이 없다니까요?"

오랜만에 머리통이 바늘겨레가 되었다. 나는 바늘이 사방으로 발사되려는 걸 막으려고 두 손으로 머리를 감싸 쥐었다가 말했다.

"거리에 사람이 없는 게 내 잘못이냐?"

"선생님들 불러다 놓고, 한 사람도 안 오면…."

"그럼, 지금 나가서 내가 직접 호객 행위라도 할까? 사십다 된 아저씨가 포스터 나눠주면 사람들이 좋다고 오겠다. 아르바이트생 번개라도 칠까? 수업 들어주면 일당 주는 걸로? 아예 적자 보는 김에 확 봐 버리게?"

선생들이 있어서 문 대리는 당황한 모양이었지만 나는 그들도 들으라고 하는 말이었다. 문도 선생들 들으라고 반박하는 티가 났다. 평소보다 또박또박 크게 말했다.

"선생님들이 이렇게 많이 오셨는데 우리가 아무것도 해드리는 게 없으면…."

"장소를 제공했는데 왜 우리가 해드린 게 없어? 너 여기 하루 임대료가 얼마인 줄 알아? 임대료만 있어? 네가 주말까지 나와서 일하는 건 생각 안 해? 네 노동력은 아무것도 아니야?"

문은 차마 우리는 공짜로 빌린 거잖아요, 라고 응대하지는 않았다. 나는 문에게 쐐기를 박았다.

"저분들이 우리의 을이 아니듯이, 우리도 저분들의 을이 아니다."

파리를 날리는데도 선생들은 자리를 지켰다. 그들의 선택이었다. 전반적인 아트 시장이 예전 같지 않고 차가운 게 나의 잘못은 아니었다. 홍보비를 몇 백만 원쯤 들였다면 사람들이 왔겠지만, 그만큼의 수익을 되돌려줄 수 있는 강좌들이 아니었다. 하지만 작가들이 어려워진 것이 회사 입장에서는 나쁠 게 없었다. 덕분에 회사는 적자를 최대한 줄이면서 제2의 목적에 충실할 수 있었다. 나는 여덟 번의 원데이 클래스 기간 동안 삼십 개 강좌의 마케팅 콘텐츠를 생산할 수 있었다. 강좌 진행 과정이나 강좌의 결과물은 물론이고, 특히 그림이나 물건을 완성하는 과정을 빨리 보여주는 타임 랩(time-laps) 영상이 인기가 좋았다. 선생들은 퀄리티 높은 동영상을 회사와 공유할 수 있다는 사실에 기뻐하며 흔쾌히 계약서를 썼지만, 만약 스튜디오에서 제작했다면 출연료까지 최소 삼천만 원 가량 들었을 자료들이었다. 총 8회에 걸친 원데이 클래스 동안 회사는 수치상 이백만 원의 적자를 보았지만, 실제로는 수천만 원에 달하는 마케팅 자료를 공짜로 얻은 셈이었다.

일상 속의 작은 드라마라는 덤까지 있었다.

〈인사이트 드로잉〉을 하러 오셨으나 공교롭게 두 분 모두 상대방의 얼굴과 비슷한 형상을 그린 노부부가 있었다. 현실에는 존재하지 않는, 내 마음속에만 존재하는 어떤 것을 그리자는 프리 드로잉(free-drawing) 수업인데, 참 지긋지긋한 게 삶이구나 싶어 씁쓸하기도 하고, 추상화로 시작한 그림이 평생을 살아온 사람의 얼굴로 변해가는 과정이 소름 끼치기도 하다가, 마침내 어쩔 수 없이 짠한 감동을 느끼게 되는 시간이었다. 선생님은 평생 못 잊을 수업을 했다는 후기를 남겼고, 나는 두 분의 촬영 거부에 동영상을 남기지 못한 게 못내 아쉬웠다.

우연히 본 〈달라호스〉 광고에 꽂혀 세 번이나 다시 온 여성분도 있었다. 선글라스와 마스크를 주섬주섬 벗은 그녀는 빼어난 미인이었는데, 세 번째 나타난 날 자신이 중증 우울증 환자라고 스스럼없이 말해 우리를 또 한 번 놀라게 했다. 재택 근무로 살아가고 있는 데다 식료품 구입까지 인터넷을 이용할 정도인데 〈달라호스〉 수업이 너무 듣고 싶어서 육 개월 만에 외출을 시도한 것이라 했다. 마지막 날까지 선글라스와 마스크에 집착했지만 적어도 우리와 있는 동안에는 얼굴을 내놓고 환하게 웃었다. 표정이 해맑기까지 해서 우울증 얘기를 하기 전까지는 어쩌면 연예인이거나, 엄청난 가문의 딸일지도 모른다고 생각했다. 한 가지 의문은 끝까지 남았다. 달라호스와 우울증이 대체 무슨 상관?

엄마를 따라온 게 아니라 끌고 온 아이들도 더러 있었다. 그런 아이들이 만든 작품에 선생님들은 감탄했다. 공식에는 안 맞지만 균형이 잡혀 있고, 별것 아닌 것 같지만 심오하고, 전혀 예상치 못한 디테일이 작품을 완성시키는 과정이 절묘하다는 거였다. 하지만 중학생만 되어도 매력은 사라졌다. 일 년 만에 무언가를 시키지 않으면 아무것도 하지 않는 아이가 돼 버리는 거였다.

어떤 아이는 엄마의 얼굴을 길쭉하게 그려놓고 엄마가 화가 났을 때는 눈 쪽을 쳐다보지 말아야 하기 때문이라고 대답했다. 하늘에는 별과 삼각형 같은 기하학적인 무늬를 그려놓았고, 흐트러진 구도는 예쁜 꽃다발 하나로 손쉽게 되찾았다. 눈이 곁눈질을 하고 있어서, "엄마가 뭘 보는 거야?" 물었더니, "나랑 놀 때도 자꾸 딴 데 봐요"라고 대답했다. 9년 차 워킹 맘이라는 엄마는 까르르 웃었다. "제가 집에서도 핸드폰에 항상 신경을 써서 그런가 봐요."

하지만 수업이 끝날 때쯤 엄마는 저쪽에 가서 혼자 잠시 울었고, 선생님은 위로차 모녀가 그린 그림을 스캔하여 프린트한 다음 노트로 만들어주었다. 딸이 그린 엄마 그림 노트는 엄마에게, 엄마가 그린 딸 그림 노트는 딸에게.

수업이 다 끝나고 그녀는 가방에서 어떤 회사의 대표 명함을 꺼내더니 출장 수업 가격은 얼마냐고 물었다. 출장인

경우에는 가격이 오른다고 했더니,

"좀 깎아주시면 안 될까요? 직원이 좀 많아서."

"몇 명이나 되시기예요?"

"글쎄요, 그날 못 오시는 분들 감안해서 한 삼백 명쯤?"

26

우리가 김밥천국에
가는 이유

문 대리 통신에 의하면 하루 출장 오백만 원짜리 B2B를 잡았다는 말에 구는 대수롭지 않다는 듯 반응했다고 한다.

"그러게, 처음부터 B2B를 했어야지, 원데이 클래스나 해서 언제 돈을 벌겠어? 노작님이 자꾸 삽질을 하시니까 빠져 있었던 건데, 어쨌든, 이제라도 내가 할 일이 생겨서 다행이네?" 했다는 거였다. 문 대리는 남이 다 차려놓은 상에 당당하게 수저 올리는 것도 짜증 나는데, 듣도 보도 못한 반찬까지 새로 만들어오라고 해서 강력한 퇴사 욕구를 느낀다고 했다. 대체 그런 수소폭탄급 엽떡 유발 업무가 무엇이냐고 물었더니, 내가 만든 백 페이지짜리 B2B용 팸플릿을 다섯 장으로 요약해 달라고 했단다. "스무 페이지짜리

요약본이 있는데 드릴까요?" 했더니, 요즘 누가 그렇게 긴 자료를 보내냐며 A4 세 장이 대세라고 했단다. 예전 같으면 불같이 화가 나서 구에게 전화했겠지만 나는 문 대리가 좋아하는 연어를 무한 리필로 사준 다음 해달라는 대로 해 주라고 했다. 몇 개월 동안 구는 자신이 홍보한 사람들의 목록을 틈만 나면 주워섬겼지만 구의 소개로 B2B가 들어온 경우는 한 건도 없었으며, 지구가 멸망하는 그날까지 없을 거였다.

나는 회사에 다니는 친구들과 지인들에게 팸플릿을 골고루 뿌렸다. 한두 건씩 의뢰가 들어오더니 해가 바뀌고 봄이 되자 영업 사원들이 필요해졌다. 기본 이백에 성과급을 받아가기로 계약한 두 명의 프리랜서는 페이를 삼백 오십까지 올렸다.

B2B에서 큰 이윤이 나는 데는 다른 이유가 없다. 요는 대한민국이 임대 공화국이기 때문이다. 웬만큼 장사를 잘하지 않고서는 임대료 이상의 이윤을 뽑기 어렵기 때문이다. 아주 오래전부터 땅을 가진 자들의 나라이긴 했지만 번 것보다 더 거두어 가기는 자본주의 이후의 일이지 않을까?

부동산 가격은 세계 자본주의 시장에서 그 나라가 창출하는, 혹은 창출한다고 여겨지는 부가가치에 비례한다. 부가가치가 높은 나라는 땅값이 비싸지고, 낮은 나라는 반대가 되는 것이다. 땅값이 평가절하되면 착취가 시작되고, 평가절상되면 거품이 발생한다. 내수 시장 대비 수출 시장의 비중이 클수록 부동산이 오르는데 보통 이런 경우 개인은 주택 소유를 포기하게 된다.

60년대에는 신춘문예 상금으로 단독 주택을 샀다 할 정도로 내 집 마련이 꿈이 아니었다. 70년대 들어 수출드라이브가 시작되면서 부동산 가격이 실질 임금 상승률과는 비교도 안 될 만큼 가파르게 상승하기 전까지는. 많은 사람들이 대기업의 성장 덕에 우리 모두가 부자가 되었다고 말하지만 대기업이 적당히(?) 성장했다면 부동산이 이렇게까지 오르는 일은 없었을 것이다.

별다른 노후 대책이 없는 나라이다 보니 너도나도 부동산 투자에 동참했고 덕분에 가격은 더 올랐다. 부모님들이 몇 년 만에 샀다는 집을 우리는 이십 년 동안 산다. 후세들은 월세에 허덕이느라 평생 사지 못하겠지. 노동자가 평생동안 번 돈의 절반 이상이 부동산 소유주의 불로소득으로, 아파트를 지은 건설업체의 이윤으로 축적된다. 가게를 빌리건, 사무실을 빌리건 마찬가지다. 노동한 대가의 절반이라도 건질 수 있다면 다행이다.

한국의 거리에는 왜 그렇고 그런 상점뿐이냐고? 독특하고, 재미있고, 엉뚱한 곳들은 왜 찾기가 힘든 거냐고? 아이디어가 없어서도, 정서가 메말라 있어서도 아니었다. 단지 임대료가 비싸기 때문이었다.

30평짜리 매장의 임대료가 900만 원이라면 평당 30만 원의 순익이 발생해야 월세라도 낼 수 있다. 매출 기준으로 따지면 평당 100만 원어치는 팔려야 본전이라는 어림 계산이 나온다. 여유 공간을 생각하면 매대 30개를 집어넣기에도 벅찬 면적. 팀당 하루 자릿세 4만원은 돼야 수지가 맞는다. 삼촌의 실내 프리마켓은 처음부터 될 수가 없는 장사였던 거다.

임대료가 모든 것을 지배한다.

공장을 거친 제품만이 핫한 거리의 상점에서 팔릴 수 있다. 공장을 거쳐야만 단가가 낮아져서, 비싼 월세에도 불구하고 이윤을 낼 수 있기 때문이다.

그래서 우리는 김밥천국에서 점심을 먹는다. 김밥천국 음식들은 100퍼센트 공장산이니까. 100퍼센트 공장산만이 우리의 허기를 오천 원 이하에 달래줄 수 있으니까. GMO를 거부할 수도, 인스턴트를, 조미료를, 환경호르몬을 피할 수도 없다. 그랬다가는 짬뽕을 스파게티 가격에 먹게 되지. 샤부샤부를 스테이크 가격에 먹게 될 거야.

왜 가는 집마다 고깃집 천지냐고? 고기도 공장에서 나오니까 그렇다. 공장에서 나온 닭만이 마리당 구백 원일 수 있으니까 그렇다. 완벽하게 유기농으로 키운 닭은 열 배 가격이다. 유기농 달걀 한 알이 공장 닭 한 마리보다 비싸다.

그래서 우리는 공장 닭처럼 먹는다. 공장 돼지처럼도 먹고, 공장 소처럼도 먹지만, 몸값이 두 배가 비싸건 다섯 배가 비싸건, 우리는 모두 다 공장에서 사료를 먹으며 산다. 초원 위를 뛰어다닐 새도 없이, 먼 풍경에 한눈팔 새도 없이, 비싼 곳에 살고 있으니 부자라고 믿으며. 이렇게라도 먹고사는 게 어디냐고 정신 승리하며. 세상은 어디를 둘러봐도 공장이고, 공장 바깥에 살 방법은 이제 없으니까.

그래서 유기농은 쫓겨나다 못해 씨가 마르고 있는 거였다. 서점과 음반 가게가 사라지고, 공방이 밀려나고 음악 클럽이 문을 닫고, 나물을 파는 술집과, 웃음은 절대로 팔지 않는 칵테일 바와, 가마에서 구워낸 찻잔과 직접 말리거나 담아서 만든 차들이 있는, 세상에서 단 하나뿐인 인테리어의 카페가 멸종하는 거였다. 시장에서 발견한 그날의 제일 싱싱한 해물로 안주를 내놓던 내 맘대로 이모들의 술집은 다 어디로 갔나. 지인의 지인, 지인의 지인의 지인까지 방문할 수 있었던 그 수많은 작업실들은 다 어디로 갔나. 우리는 거기서 재밌었는데, 그 재밌는 일들은 다 공짜였는데.

애들은 교외의 해변까지 가서 흙 체험을 하고, 홍대 뮤지션들은 제주도 게스트 하우스에서 노래를 부르고, 노래 부르지 않는 날은 귤 농장에 가거나 날품팔이를 하고. 우리는 돈을 내고 상담을 받고, 친구들에게 진상 부리다 엉엉 우는 대신 우울증 약을 먹고, 전혀 모르는 사람과 빈방을 셰어하고, 이제는 아무도 친구의 이삿짐을 날라주지 않지. 애인에게 사과

하기 위해 편지를 쓰지 않지. 외롭다면서도 귀찮은 건 딱 질색이고, 가난하다면서 모든 걸 돈으로 해결하지. 애를 맡겨둘 옆집 같은 건 공룡이 살던 시대의 얘기잖아. 이제는 롯데월드에 가지 않으면 스케이트를 탈 수 없어. 아무도 골목에서 야구를 하다가 남의 집 유리창을 깨먹지 않아.

더 이상 재미있는 것이라면 뭐든지 할 수 없는 이유는 한 가지였다. 우리는 모두 공장 닭이니까. 공장 닭이 아니려면, 자연산 지렁이를 먹고 마음껏 뛰어다니려면, 열 배나 돈이 많아야 하니까. 재미있는 일이 없어진 게 아니라 재미있는 일이 비싸진 거였다. 평범한 사람들의 일상이었던 것들이 부자들만의 전유물로 변해버린 거였다.

그리고 멍청하게도 우리는 그걸 발전이라고 불렀지.

27

나를
찾아줘

회사가 이윤을 내기 시작할 즈음 문단에서 S작가의 표절 논란이 일었다. 지금까지 작가들은 왜 침묵했냐는 어떤 평론가의 글을 읽고도 그냥 어이없다 정도였는데, 평소 문학에 관심이 많은 친구의 한마디를 듣고는 울컥했다.

"그런 분도 그랬다는데 너네들은 어렸했겠어."

작가가 표절한 걸 작가가 밝혀야 하나? 지금까지 음악 표절 의혹은 죄다 작곡가가 제기한 모양이지? 대중이 알아주면 매우 고맙지만 그게 안 될 때 한 말씀 하시라고 있는 게 평론가인데, 거꾸로 당신이 작가들을 탓해? 웃을 수밖에. 웃어넘길 수밖에.

나를 울컥하게 한 건 유명하니까 고수가 아니겠냐는 친

구의 무의식이었다. 훌륭한데도 무명일 수는 없다는 거니? 아무리 그래도 될 사람은 다 된다?

거기까지는 사고에 불과했다. 사고가 사건이 되고, 사건이 사태가 된 건 일이 수습되는 과정에서였다. 표절 논란이된 책의 출판사에서 사실상 S작가의 표절을 인정하지 않는 글을 공식 입장이랍시고 내놓았다. 여론이 악화되자 편집 위원이 아닌 직원의 의견이었다며 뒤늦게 사과문을 발표했지만 억지 춘향 같았다. 그동안의 시스템에 문제가 있는 게 아니냐는 여론이 불거지면서 책임론의 불똥이 튀자, S작가가 주주로 있는 다른 출판사에서는 무의식적인 표절로 사료되지만 한국 문학에는 잘못이 없다는 식의 엉뚱한 답변으로 대응했다. 출판사들이 S작가를 감싸고 돌 줄 몰랐던 건 아니었다. 뒤통수를 얼얼하게 만든 건 하나의 출판사가 한국 문학 전체를 대변하려고 했다는 점이었다. 우리 출판사가 곧 한국 문학이라는 무의식, 출판 자본이 문학사를 전유하는 그 방식.

표절 논란은 띄엄띄엄 6개월간이나 이어졌다.

장사꾼이라는 생각이 들어서 배신감을 느낀 거라면 차라리 나왔을 텐데. 나는 그렇게까지 순수하거나 순진한 사람이 못 되었다. 기업은 당연히 이윤을 추구해야 한다. 기업이 매출을 올리지 못하면 판권을 맡긴 작가에게도 죄를 짓는 거지.

일 년여 동안 회사를 운영하며 알게 된 것은 시장의 축소가 곧 회사의 축소를 의미하지는 않는다는 사실이었다. 때로, 아니 종종 시장의 축소는 회사의 안정적인 수익을 보장하기도 한다. 비결은 비용 절감에 있었다.

나는 문학 시장이 형편없이 좁아진 이유가 사람들이 책을 읽지 않아서라고 생각지 않는다. 적어도 그건 원인이 아니라 결과다. 환경이 완전히 바뀌었는데도 출판 마케팅은 이십 년 전과 다를 게 없다.

세상에는 수없이 많은 마케팅 매체가 존재하지만 출판의 그것은 두 가지뿐이다. 오프라인 서점과 온라인 서점이 90퍼센트 이상을 차지한다. 출판계에는 마케팅 수단의 독점이 뿌리 깊은 것이다. 대형 서점의 작은 매대 한 칸을 빌리는데도 한 달 수백만 원이 들고, 인터넷 서점에 메인으로 오르거나 배너 하나를 까는 데도 비슷한 돈이 든다. 책이 어느 정도 팔린다 해도 그 비용을 지불하고 나면 한 푼도 안 남는다. 그러다 보니 대형 출판사가 아닌 이상 다른 매체에 광고를 하거나 새로운 마케팅 방법을 채택할 여력이 아예 없다.

SNS에서는 광고 같지 않은 광고가 대세다. 군것질처럼 가볍게 즐길 수 있는 스낵 컬처. 질문받는 광고. 놀아주는 광고. 긴요한 정보를 전달해주는 광고. 게임의 형식을 하고 있건 칼럼의 외피를 입고 있건 뉴스의 역할을 하건 간에 마케팅이기는 마찬가지다. 사람들은 그것이 후킹(hooking)임을 알면서도 필요해서, 재밌어서, 유용해서 찾는다. 그러는 사이에 자신만을 위한 맞춤 SNS가 생겨난다는 사실을 아는 사람은 다 안다. 내가 관심 있어 할 만한 내용들이 타임라인에 우선적으로 노출된다. 이제 광고는 뿌리는 게 아니라 배달해주는 거다. 일하느라 바빠서 나는 예전처럼 검색하느라 밤을 새울 시간이 없다. 밤을 새워야 할 사람은 내가 아니라 마케터다. 내가 광고를 보는 게 아니라 광고가 나를 본다. 소비자가 물건을 고르는 게 아니라 물건이 소비자를 고른다. "내가 찾을 수 있게 게 해줘"에서 "네가 나를 알아서 찾아줘"로 소비자의 요구가 이동한 것이다.

서점은 소비자를 찾아가지 않는다. 오프라인 서점이건 온라인 서점이건 내부 광고만 한다. 출판 전문가의 말처럼 출판계는 이미 독자인 사람들에게만 마케팅을 한다. 비독자가 새롭게 독자로 유입될 가능성이 차단된 상태인 것이다.

시장이 줄어들면 무슨 일이 생기나. 독점이 쉬워진다. 독점하면 경쟁이 없어지고, 경쟁이 없어지면 마케팅이 쉬워진다. 브랜드 이미지를 상승시키는 것만으로도 개별 상품의 광고 효과를 누릴 수 있기 때문이다.

내가 하려던 게 그거였다. 한 명 한 명의 아티스트를 따로따로 마케팅하기는 승산이 없으니 수십 명 이상을 하나의 브랜드로 묶어서 밀자는 것. 임의적으로 아티스트를 선정해서는 공신력이 없으니 기왕에 형성돼 있는 '홍대 인디 예술'이라는 씬(scene)과의 네트워크를 긴밀히 하자는 것. 궁극적으로는 씨플랜트의 음악 차트, 미술 차트, 인문학 차트를 '홍대 씬'을 대표하는 차트로 성장시켜 회사를 인디 예술의 종합 채널로 성장시키겠다는 것.

그럴려면 예술가가 가난해야 했다. 가난하지만 훌륭해야 했고, 훌륭하지만 대중적으로 쉽게 전파될 수 있는 예술이어야 했다.

하지만 대중적이지 않다고 해도 씨플랜트의 브랜드 이미지를 높이 살릴 수 있는 아티스트의 경우에는 지원을 아끼지 않을 생각이지. 돈은 되지 않지만 예술을 위해 꼭 필요한 사람들을 지키자는 게 씨플랜트가 존재하는 진짜 목적이니까.

동시에 이윤과 무관하게 예술적 가치를 지키고 있다는 것이야말로 씨플랜트의 가장 강력한 이미지 마케팅이 되어주겠지. 예술의 우산 밑에서 대중적인 상품들이 팔리고, 그 이윤으로 우리만의 순수 예술 컬렉션을 만들고, 그 안에 들어간 예술가들은 돈은 아니더라도 명예를 얻고….

이윤이 후원으로 이어지고 후원이 가치를 낳으며 가치가 이윤으로 전환되는, 단순한 마케팅 전략이 아니라 하나의 작은 생태계를 구축하자는 얘기였는데….

내가 최초로 하는 일이라고 생각했는데 돌이켜보니, 그게 지난 십수 년간 한국의 대형 문학출판사들이 해온 일이었다.

순수 문학은 장사가 안 되지만 브랜드 이미지를 높이는데 더 이상의 아이템은 없다. 높아진 브랜드 이미지로 돈이 되는 다른 책들을 팔고. 그렇게 번 돈으로 돈은 안 되는 순수 문학권 작가들의 책을 내주고, 그중 상품성이 있는 작가를 마케팅하여 베스트셀러를 터뜨리고….

대부분의 순수 문학권 작가들은 단지 미안해했다. 그리고 팔리지 않을 나의 책을 내줘서 고맙게 여겼다. 이윤과는 상관없이 문학을 정말 사랑하는 출판사여서 존경스럽다고 생각했다. 마케팅을 하지 않으면 결코 팔리지 않는다는 것도 모르고, 출판사의 노력에도 불구하고 안 팔린 줄 알았다. 심지어 자신의 작품이 '문학적으로 훌륭하지 않아서' 안 팔린 줄 알고 대중과 더 먼 길로 접어들거나 어설프게 대중적으로 돌아섰다가 문학성과 상품성 둘 다를 놓쳐버리기도 했다.

작가들이 정확히 알아야 할 점은 출판 시장의 축소가 곧 출판사의 이윤 감소로 이어지지는 않는다는 사실이다. 앞서 이야기했듯이 시장이 작아지면 독점이 쉬워진다. 독점은 한 회사의 마케팅이 시장 전체에 관철될 수 있음을 의미한다. 즉, 현재 한국 문단에 있어서는 일부 출판사에서 낸

책들이 곧 한국문학사에 남을 작품들로 평가되는 현상이 독점이다.

그렇다면 이런 의문이 있을 법하다. 한국 문단은 이미 60년대부터 M사와 C사의 양대 체제였는데 그때는 출판이 자본화되기 전이 아니냐.

자본만이 자본은 아니다. 자본이 될 잠재력도 우리는 자본이라고 부른다. 지식 자본. 미모 자본. 재능 자본 등등. 빠른 속도로 성장하고 있는 나라에서는 더더욱 그렇다. 한때 의사나 법관이 된다는 것은 결혼 시장에서 열쇠 세 개를 가질 자격이 생긴다는 것을 의미했다. M사와 C사는 분단국가인 한국에서 낭만적 모더니즘과 비판적 리얼리즘이라는 '이념 자본'을 선점한 문학 집단이었다고 말할 수 있다. 이념에 기대 있던 자본은 실제의 자본에 기대면서 빠르게 탈이념화되었다. 90년대 초반은 이데올로기가 종말한 시점이 아니라, 이념 자본이 실제의 자본으로 안전하게 전환될 수 있었던 시점이었던 셈이다. 2010년대의 한국을 보라. 우리가 과연 탈이념의 국가에서 살고 있나?

아니다. 우리는 다만 더 이상 이념이 자본이 될 수 없는 시대에 살고 있을 뿐이다.

출판사가 문학사를 전유하면 그 밑에는 충분한 보상이 주어지지 않는데도 불구하고 문학을 위해 봉사하는 작가들이 모이게 마련이다. 출판 시장이 안 좋아지면 안 좋아질

수록 '순수 문학' 출판사에서 책을 내고 싶어 하는 작가가 많아지는 기현상도 나타난다. 그들은 아주 적은 대가를 받고도 아주 높은 퀄리티의 작품을 생산해낸다. 이 작품들은 이윤은 되지 않지만 어느 회사에서도 흉내 낼 수 없는 마케팅 수단이 된다. 매출의 입장에서는 '외국 문학'으로 돈을 벌어 '한국 문학'을 먹여 살리는 것 같지만 마케팅의 입장에서는 '한국 문학사'의 브랜드 이미지에 힘입어 '외국 문학'을 다른 출판사보다 더 잘 팔 수 있게 되는 거다.

2000년대부터 '한국 문학'은 점점 더 대중과 멀어지는 방향으로 가고 있지만, '외국 문학', 특히 일본 소설은 점점 더 대중적인 방향으로 흘러왔음에 주목하라. 그것은 자연스러운 흐름이 아니라 불황을 타개하려는 출판사의 어쩔수 없는 마케팅 전략이다. 잘 팔리는 작가들이 많으면 독점은 불가능하다. 거꾸로 국내 작가들이 안 팔리는 문학을 할수록 독점이 쉬워지고, 한국 문학을 독점해야만 외국 문학을 많이 팔 수 있게 된다.

하지만 그런 식으로 국내외 소설을 모두 독점한 후에도 아주 잘 팔리는 외국 작가는 붙잡기 힘들기 때문에 수십억씩의 선인세를 주게 되는 것이다. 설사 적자를 보았다 하더라도 그것은 매출의 입장에서 손해인 것이지 독점의 관점에서는 아닌 것이다. 현대는 왜 공시지가의 2배에 달하는

10조 원을 들여 한전 부지를 사들였을까? 그것은 손해를 봐서라도 경쟁사에 무언가를 뺏겨서는 안 되는 것이 독점이기 때문이다.

물론 이 모든 것을 출판사의 음모로 보는 것은 어리석다. 모든 사회 현상은 벡터다. 개미들의 먹이 나르기처럼, 모두 다른 방향으로 잡아당기는 힘이 합쳐져 하나의 방향을 만들어내는 과정이다. 한국의 경우에는 지나친 순수주의와 상업주의의 양극화가 지금과 같은 형국을 만들어냈다. '소설'을 정반대 방향으로 끌어당기는 두 마리의 작은 개미가 신자유주의라는 커다란 개미를 만나 한 방향으로 함께 이끌린 것이다.

씨플랜트를 급성장시킨 건 삼촌의 추진력도, 나의 아이디어도, 문 대리의 불철주야 엽떡 투혼도 아니었다. 지속 가능한 생태계를 구축해서도 아니고, 시대의 새로운 흐름을 읽어냈기 때문도 아니었다.

씨플랜트를 성장시킨 건 장기불황의 시작이었다. 정상적인 경쟁에 기초해서는 존속이 불가능하게 되어버린 한국의 시장경제였다. 한때는 희망이라도 품어볼 수 있었던 예술가들의 삶은 아예 무너져버렸다. 90년대에 초대형 베스트셀러를 터뜨린 시인이 기초생활수급자가 될 판이다. 공중파 TV 드라마에 버젓이 주연급으로 출연하는 배우가 월세가 없어 술집 아르바이트를 한다. 전 국민이 노래를 한 번씩은 들어보았을 밴드가 한 달 동안 100여만 원의 음원 수익을 올렸다 한다. 최고로 많이 번 거라는데 한 번 스트리밍 할 때마다 삼 원을 받는다고 하니 세상에, 33만 명이 노래를 들었다는 뜻이다. 째즈 씬에서 모르는 사람이 없는 뮤지션도 주말 예식장 알바를 한다.

대한민국 건국 이래로 유명해져도 먹고살기가 힘든 시대가 또 있었을까.

아이돌 중에는 자신이 아이돌인 게 싫은 아이돌도 많다. 아이돌이 아니면 안정적인 생활을 하기 어렵다는 사실을 일찍 알았을 뿐이다. 대박을 친다 해도 아이돌의 수입은 대기업 직장인의 그것과 크게 차이 나지 않는다. 예능도 하고, 연기도 해야 하는 이유다. 아이돌은 이를테면 가요계의 공무원 시험 같은 거다. 하고 싶은 음악을 할 수는 없지만, 안정적이다. 그것도 뜨고 나서의 일이지만.

하영지 씨는 대학가요제에서 두 번이나 상을 탄 싱어송라이터였고, 밤비는 단 한 번의 공중파 출연으로 인터넷을 뜨겁게 달군, 요즘 보기 드문 파워 보컬이었다. 한국이 지금과 같지 않았더라면, 씨플랜트에 와서 수업이나 하고 있을 애들이 아니었다.

B2B가 계속 들어와 회사가 원데이 클래스에 정신이 팔려 있을 때 밤비는 뜬금없이 문 대리를 찾아와 술을 먹자고

했다. 두 시간 동안은 그냥 젊은 여자끼리의 평범한 술자리였는데 소주 두 병을 넘자 장르가 시시각각 달라졌다. 밤비는 자신이 지금 얼마나 힘든지에 대해 모호하지만 장황하게 설명했다. 문 대리의 SOS 문자를 받고 술집으로 찾아갔을 때 밤비는 노래 반, 웃음 반으로 좌중을 압도하고 있는 상태였다. 왜 이렇게 취했냐고 묻자, 밤비가 한 말을 나는 잊지 못할 것이다.

"그러니까, 너의 목소리를 찾아줄게 5기 모집을 해야 한다고!"

밤비는 이미 7만 원이나 되는 술값을 지불한 후였다. 지난달 밤비가 회사로부터 받은 돈은 세금 떼고 35만 원이었다. 부모님과 함께 사는 하영지 씨와 달리 밤비는 친구 한 명과 월세 생활을 하고 있다.

그 즈음 나는 구 대표가 씨플랜트 사무실에서 이 주일이나 기거한 진짜 이유를 알아버렸다. 구가 왜 수완 있는 사업가로 알려졌는지도 알아버렸다. 사업을 한 것은 구의 전 남친이었다. 전 남친은 구와 결혼해 구를 가정주부로 만들고 싶었지만 구는 남자에게 의존하는 여성을 혐오한다며 거절했다. 생각다 못해 전 남친은 구가 자신을 독립적이라고 생각할 수 있게끔 비즈니스 미팅을 할 때마다 데리고 다녔다. 탁월한 전략가이자 협상가로 치켜세우면서.

자기가 없었으면 이번 미팅은 성사되지 않았을 거야. 왜

자기만 있으면 안 될 일도 되는 거지? 난 도무지 모르겠던 데 대체 무슨 일을 한 거야?

풍기는 이미지와는 달리 구는 금수저가 아니었다. 원래는 은수저쯤 되었으나, 동수저와 흙수저 사이의 어딘가로 몰락했다. 어릴 때부터 고전무용을 했으나 이수자가 될 정도는 아니었고, 라틴댄스 강사로 발 빠르게 전향했으나 선수로 인정받지도 못했다. 직장 생활을 몇 개월 해본 적도 있으나 적성에 안 맞아서이기는커녕 업무 부적응자로 쫓겨났다. 구는 허드렛일이 우스워서 안 한 게 아니라 무서워서 안 한 거였다. 언제 추락할지 모를 자신의 자존감을 허공에 매달아두기 위해 안간힘을 써서 안 한 거였다.

문 대리는 자신과 다를 바 없는 사람이, 아니 자신보다도 한참 못한 사람이 갑질을 해왔다는 게 더 참을 수 없다고 말했다. 내가 한마디 하려고 하자, "안다고요, 알아요. 금수저는 괜찮고 흙수저는 안 된다는 건 아니지만 자꾸 그게 기분이 나쁜 걸 어떡해요!" 하고 빽, 소리를 질렀다.

구가 자신의 콤플렉스를 극복하기 위해 선택한 방법은 시소 타기였다. 훌륭한 예술가가 못 됨은 사업가라는 허세로 메우고, 전문적인 사업가가 아님은 예술가라는 허울로 때웠다.

구가 개발한 무기의 진짜 이름은 자기 착각이었다. 자신에 대한 무한 긍정. 왜곡된 셀프 이미지. 자유자재로 자신을 과장할 수 있는 능력. 그러고도 쪽팔려 하지 않을 수 있는 능력. 협잡꾼들은 잘 안 넘어갔다. 정통파, 실력파일수록 오히려 구에게 약했다. 무언가가 믿는 구석이 있지 않는 한 저렇게 자신 있게 굴 수는 없다는 판단에서였겠지.

본인이 평생 동안 품어온 것이기에 구는 상대방의 콤플렉스를 정확히 파악할 줄 알았다. 구의 틈새시장은 다름 아닌 〈구멍〉이었다. 구멍을 없애기 위해 살아온 사람들의 구멍.

평생 훌륭해지려고 애쓰며 살아오느라, 자신의 구멍을 인정할 수 없게 된 사람들.

그게 나였다. 그게 삼촌이고, 씨플랜트고, 이 나라의 순수 문학과 예술이었다.

28

나의
직업은

나는 몇 개월 동안 이익을 내기는커녕 B2B 실적 하나 물어오지 못한 책임을 물어 구를 씨플랜트 이사직에서 해임했다. 장 선생은 그 전에 구, 삼촌, 나 세 사람의 만장일치로 내보냈다.

장은 해임되자마자 자신이 회사에 기증했던 노트북을 가져갔다. 밤샘 작업할 일이 있을지 모른다고 사놓았던 라꾸라꾸 침대도 실어갔다.

씨플랜트 사무실을 계약 해지할 때 구는 자신의 개인 통장으로 천만 원 보증금을 받았다. 내가 환금하라고 난리를 치자 이번에는 투자금 반납을 요구했다. 나는 천만 원을 포기했다. 다시는 구와 사소한 일로도 엮이고 싶지 않았다.

관계를 깔끔하게 정리해야 그다음 일을 진행할 수 있었다.

"후회하지 않겠어?"

삼촌이 물었다. 삼촌의 목소리에서 미련이 느껴지지 않아 다행이었다.

"죄송해요. 아직 준비가 안 됐어요."

"뭐가?"

"아시잖아요. 저 뭐하던 앤지."

삼촌은 입술을 내밀더니 고개를 두어 번 절도 있게 끄덕였다.

"뭘 하든, 넌 똑똑한 애니까 잘할 거야."

"왜 이러신대요?"

"언제든 생각 바뀌면 다시 와라."

〈문화발전소〉를 연지 이 년이 돼 있었다. 두 번째 맞는 겨울이 가버렸고, 다음 달에는 매출 오천만 원을 바라보고 있었다. 뭐든지 처음에는 빨리 느는 법이다. 당시에는 한심하게 여겨지지만, 시작할 때만큼 좋은 시절은 다시 오지 않는다. 그림을 그릴 때도, 소설을 쓸 때도 그랬다. 엘리베이터를 타면 3층, 4층에 도달하는 건 시간문제지만, 2층에서 떨어지는 것과 4층, 10층에서 떨어지는 것은 얘기가 다르다. 제일 슬픈 건 100층은 될 줄 알았던 나의 잠재력이 고작 13층 정도에 불과했음을 확인하는 순간이지만.

무서운 건 그게 아니었다. 정말 무서운 건 소설을 관두게 되는 거였다.

씨플랜트의 홍보 덕에 좋은 기회를 얻게 된 선생들이 생기면서 사업에는 본격적으로 가속이 붙고 있었다. 수많은 아티스트에게서 수업 신청이 잇달았다. 〈못 불러도 락 교실〉, 〈다이어트 포기자를 위한 레시피〉, 〈대놓고 까대기 교실〉 등이 '교'를 형성하며 잘나갔다. 〈애완동물과 커플 목걸이 만들기〉, 〈추억의 물건 불태우기〉, 〈내 맘대로 폭탄주 만들기〉같은, 나로서는 이해가 가지 않는 클래스도 선전 중이었다. 예술 프로그램을 탑재한 프리마켓은 서울에서는 재미를 못 보았지만 지방에서 러브콜이 들어오면서 큰 프로젝트가 되었다. B2B는 커지지 않았지만 꾸준히 들어왔고 전혀 예상치 못한 개인 출장 수업 요청이 야금야금 늘어나 아예 1:1 출장 레슨 서비스를 신설해야 했다.

나는 어느 날 건물을 위아래로 오가며 수업을 듣는 사람들의 표정을 훔쳐보았다. 아, 웃겨 죽겠네, 아무의 눈치도 보지 않고 즐거워하는 젊은 여성들, 자신의 가슴속에서 일어난 감정에 놀란 듯한 표정의 아줌마, 오십 분짜리 수업에 자신의 전 인생을 걸기로 결심한 예닐곱 살짜리 어린아이, 그래, 이런 게 인생의 재미였지 하는 것 같은 아저씨가 그 안에 다 있었다. 내가 한때 상상했던 것들과, 아직 상상하지 못한 것들과, 평생 상상해야 할 것들이 사람들의 표정 속에 다 있었다.

스토리 작가 양성 과정도 점차 확장되고 있었다. 씨플랜트에서 가장 학생들의 표정이 변화무쌍한 수업이었다. 진지하다가도 어느 순간 모두가 배를 잡고 웃곤 했다. 겪어본 사람은 알지. 그런 게 정말 즐거움이라는 걸. 모르는 사람이 와서 들으면 대체 뭐가 웃기다는 건지 도저히 알 수 없을 그런 거. 열정을 가지고 시간을 투자한 사람만이 느낄 수 있는 행복이라는 점에서는 같았지만, 스토리 작가 학생들의 웃음에서는 순수 문학을 전공하는 학생들의 그것과는 다른 편안함과 자유로움이 느껴졌다. 이기기 위한 스포츠는 선수의 몸을 갉아먹지. 스포츠는 건강하자고 하는 건데 말이야. 높이의 예술이 아닌 넓이의 예술. '오덕'한 작품이라 해도 그것이 향하는 것은 특출난 상위가 아니라 특별한 소수지. 그냥 다른 예술이 있을 뿐, 더 나은 예술 따위는 어디에도 없다. 환경에 적합한 깃털은 있어도, 더 훌륭한 깃털 따위는 없는 것과 같았다.

하지만 정작 스토리 작가 과정을 청강하면서 나는 행복하지 않았다. 그것은 내 깃털에 맞는 예술이 아니었다. 그들에게 내가 하는 예술을 재미없어 할 자유가 있듯, 나도 마찬가지라는 사실을 조금 일찍 깨달았어야 했다.

삼촌은 3억을 불렀다. 사업가들에게는 푼돈일지 몰라도 나에게는 처음 들어보는 액수였다. 매우 감개무량했으나 나는 오천만 원을 더 불렀다. 흔쾌하게 콜을 외친 삼촌은 어린아이 같은 표정이 되어 나에게 물었다.

"근데 진짜 이유가 뭐냐?"

"뭐가요?"

"무서워서 그러냐? 판이 너무 커져서?"

"삼촌이 있는데 제가 뭐가 무섭겠어요."

"왜 이러는 거야?"

"뭐가요?"

"적성에 안 맞냐? 행복하지가 않아?"

"아니요. 충분히 행복해요. 매일매일 강의실 둘러보면서 제가 얼마나 뿌듯한데요."

삼촌은 이럴 때 삼촌이 풀죽은 표정이라는 걸 모르죠? 더 물어보기는 폼이 안 나고, 안 물어보자니 궁금하고. 내보내 자니 사업가답지 않고, 붙잡자니 삼촌으로서 그러면 안 될 것 같고. 이렇게 보자니 저렇고, 저렇게 보자니 이렇고. 오랫동안 대책 없는 변덕인 줄로만 알았는데, 그렇게 흔들리는 게 삼촌의 인간적인 면이랍니다. 오랫동안 알 수 없었던 인물이던 삼촌의 마음을 읽게 된 것도 씨플랜트의 덕이라면 덕이라고 생각하며 나는 웃으며 대답했다.

"이미 충분히 행복해서 앞으로 더 행복할 수 있을 것 같지가 않아서요."

　삼촌의 눈 속에서 소행성 하나가 폭발하는 것을 나는 간
만에 보았다.

29

북극곰과
남극펭귄

문 대리는 K그룹으로 이직했다. 대기업이라 좋아할 줄 알았더니 표정이 별로였다. "좋지 않아? 월급도 올랐을 텐데?" 했더니 한참 있다가 말했다.

"빨리 카페나 만드세요. 저 바리스타 자격증도 있단 말이에요."

"그래, 알았어. 십 년만 기다려."

"저는 이 년이면 학자금 갚을 수 있거든요? 선생님만 아니면 진짜."

"진짜 뭐?"

"아뇨 빨리 돈이나 버시라고요."

대기업에 간 문 대리, 아니 문 차장은 매일같이 야근을 한다. 얼마 전에는 일주일을 통틀어 열다섯 시간밖에 못 잤다고 자랑 아닌 자랑을 했다. 작은 기업은 업무 분장이 돼 있지 않아 힘들다더니 대기업에 간 연미는 기획부터 현장 판매에 이르기까지 거의 모든 일을 혼자 한다. 새로 생긴 부서라서 그렇다고 했다. 내가 낄낄낄 웃었더니 정색을 하고서는 말했다.

"맛있었어요."

"뭐가? 엽떡?"

"아뇨. 선생님 알리오 올리오요."

"뭐 그 정도 가지고."

"아, 그 마늘 써는 소리는 정말….."

"왜 이래, 안 어울리게."

"저 빚 털고 돌아가면 또 해주셔야 해요."

입버릇처럼 돌아올 거라고 하지만 연미는 돌아오지 못할 것이다. 세상에는 학자금 대출만 있는 게 아니니까. 자본주의 사회에 산다는 것 자체가 수많은 것들을 이미 대출받았다는 뜻이니까. 꺼져가는 청춘에 수혈을 하고, 죽어가는 연애 세포를 되살리고, 일만큼이나 빡센 여가를 즐기고, 미래에 대한 불안을 잠재우기 위해서. 명 실장님처럼 연미는 오십이 다 되어서야 겨우 '돌아올' 수 있을 것이다.

구는 〈브라질 야시장〉의 댄스 수업 실장을 그만두었다. 삼촌이 건물을 통째로 내놓았기 때문이었다. 임대가 아니라 매매였다. 전화를 해서 왜 그러시냐고 물었더니 자유롭게 살고 싶으시단다. 회사를 전문경영인에게 맡기고 지금은 유럽과 중국을 오가며 생활하고 계신다고. 삼촌은 잊을 만하면 나에게 메시지를 보내 새로운 사업 구상을 말하곤 한다. 서울에 왔다며 야밤에 술 한 잔 마시자고 하거나, 대낮에 갑자기 커피 번개를 때릴 때도 있다. 예전 같으면 신중히 생각해서 대답했겠지만 요즘엔 몇 초 만에 동참 의사를 밝히는 편이다. 사업 구상은 금방 잊어먹어도, 상대방이 거절한 건 오래 기억하는 삼촌이니까.

삼촌과 결별한 구가 무엇을 하는지는 알지도 못하고 관심도 없다. 쉽게 굶어 죽지는 않겠지. 가난에 지친 예술가나, 쉽게 돈 벌고 싶어 하는 사람이 존재하는 한. 나라가 힘들어지면 힘들어질수록 속아줄 사람은 인해전술을 펴는 중공군처럼 많아질 테다. 그들에게 밟혀 죽지 않게 조심하시고.

장 선생님은 최소한의 강연만 하면서 일본 원전에 관한 저술을 준비하고 있다. 인류에 공헌만 한다면 개인적인 감정쯤이야. 부디 씨플랜트에서 가져간 노트북과 라꾸라꾸 침대로 빛나는 학문적 성과 남기시기를.

나, 노 작가는 해가 두 번 바뀌고 나서야, 거의 다 쓴 장편소설의 결말을 완성했다. 아버지가 병원에 계실 때 쓴 결말이 원래의 계획과 전혀 다른 방향으로 진행되었음을 이 년 여가 지나서야 깨달았다. 나는 나이 든 주인공을 몹시 편애하고 있었는데, 말 그대로 무언가에 홀린 기분이었다. 슬픔은 그런 식으로 자신을 드러내기도 하는 것이었다. 슬픔과는 거리가 먼 방식으로, 내가 그때 슬프고 힘들어했음을 알려오기도 하는 것이었다. 소설의 절반을 다시 쓰는 여정은, 내 마음속의 아버지와 헤어지는 과정이었다.

인터넷 서점의 인터뷰어가 책 다음으로 많이 질문한 것은 나의 근황이었다. 가장 궁금해 하는 것은 책방에 관한 것이었다. 인터뷰는 어쩌다 보니 오프 더 레코드가 더 길어졌다.

"이윤이 나세요?"

"당연히 안 나죠. 앞으로도 이윤 날 일은 절대 없어요."

나는 회사가 있던 곳 근처에 작은 책방을 열었다. 삼촌에게 받은 돈으로 권리금을 내고 인테리어를 했다. 남은 돈으로는 책을 수집했다. 일억 오천을 들이고도 한 달에 백오십만 원씩 꼬박꼬박 월세를 내야 했다. 커피도 팔고, 병맥주도 팔았다. 카페를 만들 거라는 연미와의 약속을 지키긴 지킨 셈이었다.

일주일에 한 번은 소설을 쓰고 싶어 하는 사람들과 합평수업을 한다. 수업을 듣는 사람들의 눈빛 속에는 달이 있다. 잔잔한 강물에 반짝이는 햇빛이 있기도 하고, 안개 낀 밤하늘 속에서도 빛나는 별들이 있다.

다른 날에는 뭐든지 한다. 뮤지션을 초빙해 공연을 하기도 하고, 작은 원데이 클래스 수업을 개설하기도 하며, 아, 밤비의 보컬 수업도 계속되고 있다. 가끔씩은 혼자서 헤드뱅잉도 하고, 친구들을 모아 코스프레 파티 같은 것을 열기도 한다. 예전보다 더 많은 종류의 수업을 열 수 있다. 단 한 사람밖에 오지 않는다 해도, 이곳에서는 수업이 가능하니까.

"그런데 왜 하세요?"

"적어도 작업실 하나는 건졌잖아요. 서울 한복판에 작업실 열기 쉽지 않아요."

나는 인터뷰어를 향해 활짝 웃으며 대답했다. 책방에서 제작한 팸플릿을 드리고 수업 상담을 시작한 건 물론이었다. 여기 맘에 드는 게 없으면 새로 만들어 드릴 수도 있습니다.

그것이 뭣이건, 재미있는 것이라면 무엇이든지.

삼촌은 외국계 회사에 〈문화발전소〉를 팔았다. 왜 그랬냐고 했더니 돈만 신경 안 쓰면 행복하게 살 수 있겠다는 결론을 얻어서라고 했다.

"그런 사람이 나한테 산 거 두 배에 팔아먹어요?"

"임대료 투자한 거 회수했을 뿐이야."

"임대료 다 갚고도 한참 남거든요?"

"이자는 생각 안 하냐?"

"뭔 놈의 이자가 원금의 백 퍼센트를 해요?"

"그나저나 나한테 사업 계획이 하나 있는데, 이번에 프랑스에 갔더니 말이야…"

네네, 뭐든지 합니다, 돈 안 되는 것이라면 무엇이든지.

아마 눈치채셨겠지만 이 이야기는 허구입니다. 허구이지만, 실제로 있던 일들이기도 합니다. 대체 무슨 말을 하고 싶은 거냐고요? 있던 '일들'이라고 했습니다. 제가 겪은 일, 아는 사람이 겪은 일, 모르는 사람이 겪은 일을 아는 사람에게 전해 들은 일 등등의 총합입니다. 등장인물 중 여기 나온 일들을 모두 겪은 사람은 없습니다. 아니, 한 명 한 명의 인물은 '사람'이 아니라 '사람들'입니다. 실제로 존재하는 사람들을 모델로 했으나 현실에 이런 사람은 없습니다. 네, '프랑켄슈타인들'이지요. '다중이들'이라고도 할 수 있습니다. 실로 많은 인물들의 캐릭터를 뒤섞어 한 명 한 명으로 짜깁기했습니다. 심지어는 '나'조차도 말이지요. 개중 정상에 가까운 인물이라면 아마 '문 대리' 정도일 겁니다.

문 대리는 사실상 실존 인물이라고 해도 거짓이 아니지요. 다른 사람을 굳이 섞을 필요도 없이 문 대리는 이미 '다중이'였습니다. 대체, 무슨 수로, 문 대리가 이 〈재미있는… 회사〉에서 하나의 인격으로 버틸 수 있었겠습니까? 원래 세 명 정도는 됐을 겁니다. 나중에는 다섯 명 정도로 늘어났습니다. 어쨌든 세월은 흘렀고, 지금 문 대리는 간신히 하나의 멘탈을 유지하는 데 성공하고 있다고 하니,

삼가 몇 분인지는 모르지만 나머지 고인 분들의 명복을 빕니다.

그리고, 너무 대기업만 밝히지 말라는 미디어의 충고를 받아들여 아직도 X고생하고 계시는 이 땅의 모든 문 대리님들에게,

감사합니다. 감사합니다. 감사합니다. 감사합니다. 감사합니다.

아마 당신들도 죄다 한 명이 아닐 테니 여러 번 감사드립니다. 엄청난 수효의 문 대리에 비해 감사의 말이 턱없이 부족해서 죄송합니다… 죄송합니다… (이하 생략).

아무쪼록 이 에세이 소설, 아니 소설 에세이를 읽으시고서 많은 분들이 창업을 하시기를. 한 명도 빠짐없이 남김없이 창업하여 우리 모두가 대기업을 거치지 않고도 충분히 살 수 있는 세상이 오기를. 우리 모두 행복한 부자가 되기를,

진심으로 기원합니다.

아브라 카다브라, 이천십칠년 십일월 십일일 열한시.
By 로작.

And Special Thanks to

삼촌, 헌승, 현지, 밤비, 문 대리, 김윤서,
그리고 남극곰과 북극펭귄, Ye~ah.

재미있는 일이라면 뭐든지 가르쳐 드립니다 합자 회사

1판 1쇄	2017년 12월 15일
지은이	노희준
펴낸이	손정욱
펴낸곳	도서출판 답
출판등록	2015년 2월 25일 제 312-2015-000063호
주 소	서울시 마포구 포은로 56. 2층
전 화	02 324 8220
팩 스	02 3141 4934

이 도서의 국립중앙도서관 출판예정도서목록(CIP)은
서지정보유통지원시스템 홈페이지(http://seoji.nl.go.kr)와
국가자료종합목록시스템(http://www.nl.go.kr/kolisnet)에서
이용하실 수 있습니다.

ISBN 979-11-87229-12-4 03810

* 책값은 뒤표지에 있습니다.